目　录

叶尔羌情思

（上）

付爱琴 编

克孜勒苏柯尔克孜文出版社
新疆电子音像出版社

图书在版编目(CIP)数据

魅力文丛 / 卓尔主编.—阿图什:克孜勒苏柯尔克孜文出版社;乌鲁木齐:新疆电子音像出版社,2003.12 (2009年12月重印)

ISBN 978-7-5374-0484-6

Ⅰ.魅… Ⅱ.卓… Ⅲ.故事—作品集—中国—当代 Ⅳ.I247.8

中国版本图书馆 CIP 数据核字(2003)第 125254 号

丛 书 名	魅力文丛	
主 编	卓 尔	
本册书名	叶尔羌情思	
本册主编	付爱琴	
责任编辑	郑红梅 刘伟煜 张莉涓	
书籍设计	党 红	
出 版	克孜勒苏柯尔克孜文出版社	
	新疆电子音像出版社	
地 址	乌鲁木齐市西虹西路 36 号	
邮 编	830000 电话:0991-4690475	
发 行	新华书店	
印 刷	三河市华晨印务有限公司	
开 本	850×1168 毫米 1/32	
印 张	13	
版 次	2009 年 12 月第 2 版	
印 次	2009 年 12 月第 1 次印刷	
书 号	ISBN 978-7-5374-0484-6	
定 价	298.00 元(全十一册)	

3

6

舞动的高原

刘腊香

　　我一直在想,那些生活在帕米尔高原冰山雪谷深处的边防军人究竟是个什么样子?那些由特殊的人们组成的在特殊的环境里的生活究竟意味着什么?

　　在听说了许多关于他们的故事之后,在等待和期盼了多年之后,我终于踏上了这条神秘的高原之路。

　　走近高原,你才会发现,高原的太阳很近又很远,高原的天空立体而空灵。面对如此浩瀚广袤而凝重沉寂的高原, 你甚至可以触摸到生命的古老,岁月的漫长。

　　越野车像只小虫在高原蜿蜒蠕动。在这种时刻,你会觉得人是多么渺小,大自然以它无法抗拒的魔力,给人蒙上一层神奇的色彩。我真实地感到,在帕米尔高原上,惟有生存是验证生命的形式,而军人将这种形式执着地化为一种悲壮。难怪在高原深处生活的边防军人下得山来,黝黑、苍老的面容吓坏了许多姑娘, 光秃油亮的头顶急坏了许多父母, 而他们身上散发出的高原气味令许多男人苦恼,他们的难言之隐令许多妻子伤心。当人们走过太多太久的平和宁静的日子,他们的形象也许变得模糊久远,但当我真实地站在这块几乎与尘世隔绝的坚实的土地上,猛然发现,在这里,他们成了高原不可缺少的天然部分。尽管随着岁月的流逝,他们的生活被高原提纯和压缩,但他们不变的身影,成了高原舞动的鲜亮的生命,而这些生命与有着阳光下的雪山、蓝天中的白云的帕米尔高原是如此地契合,我在感动之余,心中弥漫着一种轻柔的音乐。

当你感受到这种深刻而隽永的音乐时,你同样会感受到一种孤独。

人们只有在怀着爱的希望时,孤独才是可以忍受的,甚至是甜蜜的。

在那个七弯八拐也拐不出的苍茫而陡峭的山岩中,那个一年四季见不到外人的连队的连长的孤独就带着浓烈的爱意。他认为未曾体味过孤独的人也不可能懂得爱。他就在这种爱的孤独中带出令人夸赞的连队,带出了响当当的士兵。

假如没有那一天。许多时候他一直执迷地希望那一天能彻彻底底地从记忆中消失,一丝痕迹也不留下。可是就因为那一天始终停留在心里,变成了他心中最深处最永久的憾恨。

那一天,当他右手接过荣立二等功的电话通知时,左手接过辗转了一个多月妻子要求离婚的法院传票。快乐和绝望在那一瞬间几乎将他击碎。他不知道自己究竟是陷入了无可分辨的黑暗中还是被抛出了地球之外,也不知道这一切怎么来得如此猝不及防。他的眼前分明还晃动着妻子第一次来队看他的情景。妻子来队时,正巧他巡逻去了。那天前哨班的战士报告说他巡逻回来了,掰着指头算了整整一个星期的妻子便不顾强烈的高山反应从连队坐车赶了七、八里路来到前哨班,连喘带爬来到哨楼上;妻子从望远镜里看见他了,他却看不见妻子,情急中妻子脱下身上的红毛衣一边舞动着一边喊。从此他所有孤寂的日子都带有感情,他可以静静地倾听那个最深情的呼唤,他满眼飘忽着那火红的毛衣。他相信他的孤独,他的付出会将他们分离的每一天衬托得更加清晰而美丽。他却忘记了日子是没感情的,需要感情的是人。谁愿意在长期的孤寂里忍受毫无生机的分离?

他忘记了应该记住的。

因为爱,他却接受了本应拒绝的。

也许生命就是在最困厄的境遇中认识自己、锤炼自己、成长自己直到升华自己。

也许,军人原本为坚强而生。

那种内心深处沉缓而坚实的一下下撕裂的痛苦,做了十几年边防军医的他仍能听到那种疼痛的声音。

在帕米尔高原当兵的他,考上军校又回到帕米尔高原。十几年里他跑遍边防的每一个营房,每一处哨卡。他曾翻尽书本,绞尽脑汁,用尽偏方希望为战友、为自己创造出一点奇迹来。然而一年又一年,在许多不眠的暗夜里,他仍然无法面对自己的伤痛,无法正视妻子期盼如火的目光。那种浸入肺腑的难过,深入骨髓的哀痛使他生出许多遐想。说是遐想,其实是和妻子曾有的青春生命汹涌的记忆。那时的他满以为年轻,有着旺盛的生命力,为了医治最边远哨卡战友的病痛,顾不了家的他毫不犹豫地和妻子商议着扼杀了他俩最初的生命。那是他们热情与爱的蓬勃的生命的结晶啊!那是多少高原边防军人日思夜盼梦寐以求的新生命啊!等他踏遍高原的角角落落,面对战友们无法倾诉的难言之隐时,那种悔恨、伤痛就一点一滴渗入他的骨子里。这时候他是那么强烈地渴望拥有一个真实而活泼的生命。这种渴望悠悠不肯消逝,冲击着他心底的万种柔情。

人们有时有无尽的奢望,而如今的他只希望再淋漓尽致地当一回男人。在无数静寂而落寞的夜晚,他只能一次次在心里呼唤那个最纯洁、最美妙的新生命的声音!

神秘而美丽的帕米尔高原,究竟隐逸了多少生命的暗示?年年岁岁守望着这个风雪高原的边防军人,究竟经受了多少人生的自然的种种考验与磨砺？

我宁静地坐在高原，默默地感受着亘古的庄严，心里不知为什么在久久地感动。

头顶上的阳光像海洋，在四周起起伏伏，与蓝天共舞，与高原共舞。

我被青春撞了一下腰

刘腊香

一

我病了。

病得不可思议又一踏糊涂。

说来真可笑,两盆花竟轻易地将我击倒了。不到一分钟的时间,我就完全从一个好人变成了一个病人。

但是我不停地提醒自己,这不叫做病,应该叫没事找事找出来的麻烦。

生活中往往就这样,没麻烦时什么都好说,一旦有了麻烦,可一时半会摆脱不了它,就像人的影子一样贴附着你,让你时时感觉到它的存在。

我就这样,稍一动弹就发现竟是如此的麻烦,让人时时感觉到身体上的不舒服,不自在。

躺在床上,小心翼翼地翻着身。现在才发现能想翻身就翻身是一件多么惬意的事情。平常日复一日不以为然的走路,上楼,跑步,骑自行车,坐着看电视,上班,现在突然觉得是多么丰富多彩而难得的自由自在,我怎么平常就没觉察到呢?

夜色渐渐隐去了白日的嘈杂与喧闹,只留下些许凉意裹挟着些许无奈包围着我。此时此刻，我最害怕的就是黑夜，白天躺着，晚上还是躺着，躺得头昏眼花，昏昏沉沉，时间漫长得不知如何打发。发呆地盯着天花板，盯得什么都没有的乳白色天花板上竟能盯出来各种图案，看到天马行空，云来雨往，变幻莫测。看累了又看窗外，对面楼房的灯光明明暗暗，一家一户此起彼灭。再看累了，便就闭着眼睛努力去想，明天也许比今天好，下个星期会比这个星期要好，要是一觉醒来什么都没有了那就更好。有时我掉进真实与虚幻中不能自拔，这个躺在床上一动不能动的人究竟是不是我?这到底是怎么一回事啊?难道生命竟是这样脆弱得不堪一击?那么美好的星期六的早晨，那么明艳的阳光，阳台上的米兰正散发出满屋子沁人心脾的花香。我伸了个懒腰，双手从阳台上端起先一晚刚栽种的两盆令箭荷花，弯腰放到避阳处。伸直腰的霎那，感觉到腰上被人重重地一击，然后炸裂似的散开，我象触电似的被击倒趴在地上一动也不能动，喘不上气，说不出声，泪眼望着窗台，发现阳光恣意地照耀着，天地静寂无声。半小时后，才勉强挪到几步远的沙发上坐下，竟是一身的汗。又是半小时，才勉强抓起转身就可以拿起的电话，声音竟是弱小无力。强接到电话后上气不接下气地从办公室一路小跑回家，手忙脚乱地把我搀扶到床上，又是揉腰，又是扯脚，又是烤电，忙得满头大汗地团团转。

看他那手足无措痛惜的模样，我告诉他，没事，只不过闪了一下腰，不是老说太累了吗?是老天爷照顾我，叫我趁机休息两天。

可这种休息一点也不轻松。痛得我坐下也不是，躺着也不是，站着也不是，醒着也不是，睡觉也不是，不知如何好才是的时候，我就痛恨自己的臭嘴说出的臭话，什么感觉要崩溃了，要大病一场了。人，一旦精神垮掉了，身体又还能支撑多久呢?于是，时刻被痛提醒着的日子，我就觉得时间是灰色的，生活是灰色的，人生是灰色的，一切都是黯淡无光的。

这样的日子哪一天才是个头啊!

二

下雨了。

不知是夏季的第几场雨,淅淅沥沥,白天下不够,晚上接着下,没完没了,有时候还夹裹着电闪雷鸣,让我想起小时候躲在被窝里捂着耳朵害怕霹雳雷声的江南天气。

今年的夏天也怪,三天两头的刮风下雨,天气阴沉而阴凉,好像入秋似的,弄得我的心情也跟着风一阵雨一阵老是晴不起来,好不容易风和日丽,又因为每天的推拿痛得直冒虚汗而心灰意冷。

栽种的两盆令箭荷花,一盆活了,绿绿的,而且吐出了新芽,一副朝气蓬勃的样子。另一盆死了,从根部慢慢地往上蔫,蔫完了慢慢地变黄了。它的生命是如此短暂,从春天转夏的茂盛里告别,来到我家的阳台上,秋风刚起,就走完了它的一生。它有过忧伤吗?谁能听到或破译出它一点一滴告别生命时的叹息和低语?

细细端详,你会忽然发现它在红花绿叶繁华的季节里,一点也不孤独和凄凉,倒有一种涅般似的无法相比的高贵站姿。看着亲手栽种的两盆花的两种命运,我有些茫然,总觉得它在暗示着什么,但左思右想理不出个思绪,便越想越烦,越想越不是滋味。

惟一让烦燥不安又无可奈何的我能静下心来的是强。他请了假在家,做饭喂饭,熬药敷药,洗脸洗脚,闲下来的时间就是守在床前,一边陪着我说话,一边捏捏背揉揉腰地活动我的筋骨。特别是闪了腰的当晚,痛得只能眼睁睁地煎熬着到天亮,第二天一早强扶着我起来,不知如何扶,痛得我一下昏过去之后,他吓得寸步不敢离。去几家医院检查来检查去,拍片,做CT,看完西医看中医,看完祖传偏方看民间名医,却都说问题不大,可就是翻不了身,伸不直腰,也走不成路。我难以想像翻身起床这样一个简单得不能再简单的动作,要一边自己使着劲,一边借助强的手托住腰,十几分钟才能够下得地。这样的日子简直就是度日如年,叫人无法忍受。

难道我就这样完了吗?命运就被这两盆花所注定了吗?便胡思

乱想起来，也许人生也如这夏季的雨，有许多的不定式，在你猝不及防时叫你不能选择，无法选择。

其实那种猝不及防时的感觉很好。在痛得头"嗡"地一声胀大了，心脏不由自主地一阵乱跳之后，然后就是一片空白，觉得自己轻轻飘了起来，轻若片羽，升向天空，融化在奇异而宁静的世界里，再也没有了痛苦的煎熬。

有的人大病一场之后，从此再无法回到从前，从此失去了健康，也失去了快乐。有的人因对生命有了痛彻肺腑的体验之后，脱胎换骨似的，对人生有了别于常人的认识。这种认识是痛苦的，也是深刻的。也许一生一世都无法忘记。我生命中最重要的亲人父亲、母亲、大姐都相继离我而去，我们从心底发出的呼喊是徒劳的，谁也抓不住命运这根弦，只能眼睁睁地看着亲人形单影只去赴生命的约会。

他们的离去让我明白，不管你愿意还是不愿意，人生一到站就要下车，这是谁也无法逃脱的命运，会在某一天的某一个时辰，说不定。但我深信，我不会这么快就被击倒。

人生有得有失，真是一点不假。这一场意外的伤病，让我如此强烈地恍然大悟：生命是可贵的，健康是人生最大的财富。呼吸每一天的清新空气，看太阳升起，看树木吐绿，自由自在的散步是多么快乐和幸福的生活。而我在疲于生计的奔波中漠视了这一点。

其实我心里也明白，这一天是迟早要来的。职业的原因加上平常的懒于运动，筋骨日复一日的失去了活力和弹性。我的身体早已不间断地发出警讯，只是我太疏忽，太不在意，忽略了它对于我的生活和生命的至关意义，还自以为坚强的生命保证能够在长期的抵抗中坚持下去。

如此说来，人生的劫难在所难免。既然是我该要承受的，那么就来吧，全都来吧。

三

躺在床上百无聊耐的日子,常常可以闻到清清爽爽的香气。我知道,一定又是阳台上的米兰花开了。小小的米粒似的黄花散发的香气竟是这样直入肺腑,沁人心脾。它总是在你不经意的时刻,与窗外的阳光和谐灿烂得恰到好处,端庄宁静,不骄不躁,平和中洋溢着热烈。她的香气流泻在空气中,轻柔细绕在叶缝间,让你情不自禁地愉悦,情不自禁地回味和依恋。

正如强在我不经意中走进我的生活一样。我常有种做梦的感觉,那个阳光明媚的早晨,强穿一身绿军装,笑着朝我走来,笑着对我说,嘿,你好!那个笑容从此就那么无法抗拒地灿烂我的生活,无论是我有风有雨的日子还是有怨有气的日子,那个笑容总能固执地让我雨过天晴,心空一片蔚蓝。我常感恩于上苍对我的厚爱,使我平凡的生活拥有这份平凡的幸福。

三个月动弹极为不方便的日子,看着强为我忙前忙后,忙里忙外的,还要想着法子逗我开心,一脸的心甘情愿,就有些做贼心虚似的,不肯确信地问强,你为啥对我这么好?他有些愕然我的问话,转而笑道,没办法啊,可能是我前世欠你的太多了吧。

要是我完了,这辈子只能躺在床上了你咋办?这是脑子里时不时冒出来的一直搅得我心烦意乱的念头,我想考验一下他的耐心。

有我在,你怎么会完呢?你只不过是不小心被青春撞了一下腰呢。强嬉皮笑脸,一点不上当。

假如这一天真叫我给碰上了呢?你说,你会咋办?我就是穷追不舍。

有人说时间是最好的承诺,那就让时间告诉你,海誓山盟是靠不住的。强认真地看着我说。

真要那样,我是不是又欠你的太多了?我有些于心不忍了。

来世还我啊,到时可不许要赖。

真的?真的。

我俩都不禁笑了,为这无意的约定。

有歌唱道:爱你一万年,爱你经得起考验……这样的誓言的确让人热血沸腾,但真的能海枯石烂心不变吗?在人心日益浮躁的今天。我明白,我们的人生经历了如盛开的令箭荷花般灿烂而美丽的青春年华,步入了宁静深邃的秋天。秋天是辉煌的,丰满成熟的。成熟是需要适应的,就如我不小心闪了腰,需要从肉体到精神的痛苦适应一样。但不管以后生活的路是否会历经许多风雨,这个约定仍是一个美丽的梦。我真愿意做这样的梦:今生欠你的,来世再还。在那样一个同样有着杜鹃花开遍山野的春天,在我最没能料到的时刻,蓦然回首,又发现你为我跋涉千里而来,对我微笑,嘿,你好吗?

可当年的那一声初相识的问候在春夏秋冬的寒来暑往中,不曾想已过去了整整二十年的时光,细细品来,言犹在耳,依稀仿佛,一如昨天。

山乡父母

刘腊香

十岁那年的八月十五,中秋节,我正在屋后的山上放牛,看见父亲和姐姐用轿子抬着从韶山住院回来的母亲,便揣着邻居给的只有中秋节这天才有吃的一小块岳糖一路飞跑回家,送到母亲手中,叫一声"妈",眼泪叭叭地掉下来。母亲刚从轿子里下来,坐在正屋门口的小矮凳上喘气,接过我揣得有些潮而发软的岳糖,话未出口,眼泪先叭叭地掉下来。

在我的记忆里,那是我第一次见母亲流泪。母亲天性爱笑,朗朗的笑声环绕在屋里屋外。母亲几乎从不生气,更不打骂我们,逢年过节能变戏法似的让我们穿上新衣服,吃上喷香的饭菜。

母亲的病时好时歹,父亲的脸便也跟着时阴时晴。父亲知道,母亲的病是因为父亲不清不白的历史问题纠缠不完而急得吐血住院的。由于营养没跟上,回来又没钱继续买药治病,从此留下病根。

母亲病稍好时,是我们家最快乐的时光。父母亲做完一天的事,傍晚就着一盏煤油灯,母亲

纺着棉花或纳着鞋底,我和哥哥还有妹妹念着书或写着字,父亲
吹着笛子或拉着二胡,两个姐姐在父母亲身后打着扇,或帮着母
亲纳鞋底。天黑透了,我们都停下来,听父亲一人唱着《贵妃醉
酒》,拉着《二泉映月》,吹着一些不知名的曲子,悠扬的旋律在乡
村的静夜里伴着一两声狗叫传得很远很远。

冬天农闲,父亲几乎不叫母亲做事,包揽着家里家外的事,
种菜、喂猪、洗衣、做饭,风风火火,样样都干,从不嫌烦。母亲斜
靠在床上,床下是父亲生的木炭火。屋外呼呼的北风吹得窗户塑
料纸一阵阵的响,寒冷刺骨;屋内,我们围坐在火炉旁,听父亲讲
故事。父亲一生经历的多,故事也多,还特爱讲与母亲的相识以
及生活中的有趣事。母亲总是微笑着,偶尔小声地插上几句,纠
正父亲的话。每次我爱缠着父亲讲《狐狸在冬天钓鱼》的故事。父
亲说,讲烂了不讲了,我就是要父亲讲,尽管我对那故事早已倒
背如流。我喜欢那满屋子的笑声。父亲便眉飞色舞,绘声绘色地
讲开了。只要一讲到狐狸吓得冻掉尾巴时,父亲就会笑得一抖一
抖的,笑得眼泪都流出来,我们笑父亲的可笑,也笑得流出眼泪。

母亲的肺心病日趋严重,父亲就变得沉默寡言,没日没夜地
在田里、菜地里劳作,指望有个好的收成,为母亲治病。二胡和笛
子放在桌子的一角早已蒙上了灰尘。那时,姐姐已出嫁,哥哥有
了工作成了家,我高中毕业在家成了父亲里里外外的帮手。父亲
只要一回到家里就坐在母亲跟前陪母亲说话,捏母亲日渐浮肿
的双腿,想方设法做一些新样的可口的饭菜。

二十岁那年的早春,一直躺在床上的母亲叫父亲请来裁缝
为我缝制了一件红棉袄。母亲破例下床躺在睡椅的被子里,陪着
裁缝师傅一针一线缝了两天。母亲的手脚肿得可以掐出水来,一
说话就大口大口地喘着粗气。看到我穿在身上合体而艳丽的红
棉袄时,母亲黄肿的脸上露出欣慰的笑容,了却了一桩心事似
的。

我穿上红棉袄送我到婆家的却是父亲,母亲已在屋后小山

上长眠了三个春秋。母亲是在一九八二年的夏天那个最忙最累的抢收抢种的季节家里农活刚忙完时走的。被病魔纠缠了十年的母亲，似乎再不愿成为这个家的拖累，再没有精力来照看我们的生活，哪怕多睁睁眼瞧瞧我们忙来忙去的身影，无奈地放下了放不下的牵挂走了。但母亲的生命太年轻，差十天才整整四十八岁。

母亲的离去，对父亲是个沉重的打击，使父亲一下子苍老了许多。父亲以为风里雨里、苦里难里都一同熬过来了，日子刚刚好过一些，母亲应该享几天福。父亲握着母亲冰凉的双手，喃喃地说，你先走一步，在阴间的门口等着我，我做完该做的事，就去陪你。望着再也不能说话再也不能看他的母亲，想起人生的酸甜苦辣，父亲泪水涟涟，不能自己。

父亲三岁丧父，七岁又丧母，孤苦无靠的父亲在好心的邻居家做些零星事混口饭吃。国民党抓壮丁时，父亲顶替刚成家的兄长去了重庆当时国民党的政务院当了一名勤务兵，并集体加入国民党。国民党节节败退南撤台湾时，父亲在湖北汉口的码头上逃了回来。后来邻居介绍父亲加入地下党组织，送文件、送信，并被派去县里参加组织培训。当时母亲已在幼稚园工作，父亲学了二个月，一看组织上光学习不发工资，二来舍不下拖儿带女的妻子，便又回到了家乡。几十年后，在省城管文史工作当年引荐父亲的邻居，以一名老地下党员干部的身份偶尔回乡时，总还笑话当时的父亲是"舍不得娇妻，当不成好汉"。

虽然没当成好汉，父亲却认为有了母亲的好比什么都好。母亲极会调理生活，根本不用父亲操心。平时里喂鸡下的蛋的钱积攒下买油盐酱醋，将开春剥的麻搓成线纳鞋底备一家人的鞋穿，秋冬里纺着棉花织成布便有了一家人的新衣服。一年下来喂上几头猪，逢年关必要宰上两头，一头卖掉留着用钱，另一头一半春节吃，一半腌成腊肉，第二年春上一家人慢慢解馋。

悠闲自得的生活在风雨交加的年月因父亲不清不白的历史

问题变得艰难而惶惶不可终日。"混进党内的军统特务"的罪名弄得我们不敢抬头走路,父亲被提着公文包的人审查来审查去,动不动就被拉着与地富反坏右分子一块低着头跪在高高的台上接受批斗。也就是在我十岁那年的夏天,一场台风又吹倒了一间房屋。母亲在接二连三的事情面前急得吐血,需钱治病。父亲情急之下索性卖掉正屋瓦房,那一根脸盆粗的房梁人家答应出60元钱。来买房屋的人是相邻大队的,来了二十多个人,上房取瓦拆房梁,父亲一早又被叫到大队部接受审查去了,母亲刚吐了血躺在床上休息,我们姊妹几个站在坪中看着。这时,大队来了十几个人,指手划脚,不准他们买,也不准我们卖,说是军统特务的房子是不准卖给外大队人的,要卖只能以20元钱的价卖给他们。两个姐姐边哭边和大队的人吵起来。队长一个耳光扇在大姐的脸上,二姐上前去拉,又被队长扇了个耳光,叭叭两声,比房屋上的瓦片摔在地上还响。母亲闻讯出来,倚在正屋的门口,看到两个女儿脸上红肿的五个手指印,顺手操起一根扁担,缓步走到队长跟前,声音柔弱却有不容侵犯的尊严,你是吃的人饭还是吃的狗屎?说完对着队长背上就是一扁担,队长没防备,打了个趔趄,指着母亲的鼻子骂起来,我一看情形不对,拔腿就往大队部跑,不管三七二十一,扯上父亲就回家。父亲从柴房里拿出一把劈柴的斧头,一斧头将门口阶梯上的麻石板砸成两段,你们光晓得我是军统特务,我告诉你们,我还杀人,不信你们来试试?然后将斧头甩在队长脚跟前,指着队长,你有没有人性?你敢再动我们家的人一根汗毛,小心你的脑壳,信不信?我眼睛都不会眨一下的。

当过兵的父亲铁青着脸,一个字一个字地说,像军人上前线打仗一样铁了心不怕死地豁出去了。

大队的人胆怯而理亏,走得有些灰溜溜的。父亲将卖房的钱清点后与姐姐用轿子抬着母亲去韶山治病。

住了几天院回家的母亲虽止住了血,身体还是虚弱,但仍支撑着做着家务。到了生产队收工的时候,母亲做好饭菜在家门口等。等父亲回到家,母亲将早已准备好的洗脸水端到父亲跟前,再从酒坛里倒上一小杯自家酿的米酒,然后给父亲扇着扇,看着父亲喝着酒,听父亲说着队里的事。每逢父亲去大队部接受审查,心惊肉跳的母亲不再在家门口等了,而是搬一把小椅子坐在家门前可以望见大队部的大路上等父亲回家。有时等得时间长了,母亲就焦急地打发我跑步去大队部看看是不是父亲出了什么事。奇怪的是自那次队长碰了一鼻子灰后,大队上叫父亲去挨批斗的次数反而少了。父亲说他们是欺软怕硬,母亲说我们倒是因祸得福。

灾祸是躲过去了,可母亲的生命也一天天消蚀,终究享受不起这来之不易的清福。父亲的问题得到落实时,母亲病入膏肓,已无回天之力了。

丢了魂魄似的父亲怪自己没有在母亲生命最脆弱最艰难的时刻陪伴和守候在身旁,自责地捶自己的脑袋:怎么就那么累的睡着了呢?几十年里睡得都不踏实,偏偏这时候睡得那么死呢?母亲出殡的先一天晚上,父亲亲手将姐姐孝敬母亲的刚流行的新做的的确良衬衣穿在母亲身上,像平日里为母亲穿衣服一样的仔细,惟恐哪儿不妥贴,为母亲穿上几年里都舍不得穿的丝袜,又小心翼翼穿上寿鞋,说母亲阴间上路时才不会伤了脚. 最后为母亲洗了脸,将早已准备好的一分、二分、五分的银角塞于枕下身下,吩咐我们油灯点亮不能灭,及时添加油,香烛不能断,纸钱及时烧,然后叫上哥哥与做道场的人一同唱着夜歌为亡灵送行。在我们那个小山村里,是从来没有过的。当时我还有一时的怨恨,怪父亲的如此平静,一点也不悲伤,后来我才慢慢体味出父亲内心的波涛,父亲认为母亲跟着他受了一辈子苦,害怕母亲在阴间再受煎熬,要亲自送母亲的孤魂升入天堂。

母亲出殡的那天早上,父亲忙前忙后地招呼,生怕有什么差错和闪失,临到道师一声"起轿,出殡",母亲的棺木缓缓抬起,缓缓抬出家门时,父亲猛地换了个人似的,一下瘫倒在房里,失了常情的他双手捶着地，放肆地扯开喉咙大声嚎啕，哭声撕心裂肺，惊天动地。村里的人从没见过一个男人如此的悲号，抬棺木的人不由自主停了下来，敲锣打鼓奏乐送灵的音乐一时乱了手脚跑了调，我们姊妹本已走在母亲的棺木前送母亲归山，听到父亲这一声哭，忍不住扑到母亲棺木上，叫着"妈"，又一起跑回房里扶着双手已痉挛得不能动的父亲，叫着"爸"，不知如何是好．

　　以后的那些日子，孤苦的父亲将对母亲的回忆写成的一首首小诗，与我对母亲的念想写成的随感在一个个午后或黄昏里互相读着，念着，听完总要静默一会儿，这时我知道父亲总会低着头，不让我看见他的悲伤，我也总会转过头去，装作拿什么东西时偷偷抹去满脸的眼泪．

　　一九八六年的早春二月，我也终于要离开家了，为幸福和爱人远走边关。父亲像我平日离家一样送到屋后的拐弯处，只哽咽地连说两声莫忘了回来啊，挥挥手便去做他的事。在父亲的眼里，我这一走只不过是路途远了点，隔不了两年，我又会像平日回家一样跟在忙碌的父亲身后，说这说那个没完，或者听父亲没完地跟我说这说那。父亲表现出的不在意，倒使我心里酸酸的。看你，看你，有什么好哭的，只要你什么都好就好，父亲笑道，但不看我，看着早春的阳光明媚地闪耀在吐绿的柳枝上。

　　三十岁那年的冬天，边陲喀什出奇的冷。那天下午下班回家，一只乌鸦哇哇大叫着从我头顶飞过，不由我打了个寒战。一抬头，看见乌鸦正向东南方飞去，夕阳映衬着东南方的余辉血红而惨淡，我从未见过如此让人感伤的夕阳，叫人莫名的想哭。正发怔时，爱人气喘吁吁地跑来告诉我，家里发来加急电报：父病危，能否回。

　　我的心一酸，感觉眼前有些天旋地转，看着惨淡的夕阳，心想，也许是父亲托这只乌鸦召唤我回家！

　　父亲的逝世令我猝不及防。第二天，当我接过父亲病逝的电报时，才发现父亲走时正是我面对乌鸦飞去的东南方发怔的时刻。当时我就有一种不祥的预感,爱人二话不说转身叫了辆大解放,拉着我上飞机场买票。那时正值部队老兵复员,不坐长途汽车第一次改为乘飞机。坐便机的人特多,票特紧张。我们千方百计找关系,费尽口舌,回答都是:说的太晚,没票。

沮丧又不安地坐上大解放回家,已是晚上23时。这几个小时里,天已不知什么时候下起了黄豆大的雪粒,噼噼啪啪地砸在车窗玻璃上,一路上没有灯,路面结了冰,车打滑,时不时在路上横着走。那个晚上从机场到部队营房十来公里的路,竟走了两个多小时。

回家参加父亲的葬礼,见父亲最后一面已是不可能的了,路途最快不耽搁也要七天。我只能颤抖着双手,一遍遍看着父亲病逝的电报,一次次翻开父亲前不久刚寄来的七十寿辰的照片,神思恍惚中不知哪一个是梦哪一个是真。那天,我真正品尝到了"度日如年"这四个字的滋味。那天,我在日记中只写下这一句话:父亲走完生命的所有季节,从此再也唤不回来。

但有时远隔千山万水,我突发奇想,父亲也许还健在的。回家看看,父亲一定还会在屋后的拐弯处像送我出门一样地等我回家。

一九九八年的冬天与爱人一道带上十一岁的儿子终于回家。整整十二年啊,家乡的变化之大以至于我不敢认回家的路了。公路两旁到处盖起了楼房,后山已是郁郁葱葱,杉松林立。哥哥他们在兽医站,一个月也难得回来一趟。打开紧锁的门,顿觉落寞而空寂。我一个一个地推开门,站在生活了二十多年的家里,地面铺上地板砖,房屋吊了顶,34英寸的大彩电和组合音响,家里早已不是当年,时尚而新潮。只有父母亲的房间摆设与以前一模一样,似乎让我一下子又回到了十多年前。我轻轻地坐在父母亲的床前,好像又看见父亲正一边说着话,一边捏着母亲浮肿的双腿。好像又看见那个带着满手满脚的泥巴站在母亲床前,凝视母亲灰白而安详的脸欲哭无泪的二十岁的我。好像又看见从早上就喊着我的名字,到晚上仍不见我的踪影,流着泪咽下最后一口气也没闭上眼睛的父亲。

我凝视父母亲房间里墙上的长条相框。上方是父亲二十六岁当兵回家时的画像,眉宇间透出一股英武之气。下方全部是我一年一年里寄给家里的照片。我取下相框,打开,在背面一大堆夹不下的相片中猛然看见了母亲留存于人世间的惟一的照片,黑白的,已有些褪色,那是在母亲病逝的前一年夏天与二姐抱着刚满周岁的女儿回家时在门口照的。母亲穿着白色长袖衬衣,齐耳的黑发,很灿烂的笑着,我惊异地发现,我的母亲竟是如此的美丽而年轻。

儿子走近我的身旁,递给我手帕。我抬起头看看儿子,又看看窗外婆娑的树影,泪眼朦胧中,已分不清今夕是何年。

两天后父亲忌辰的黄昏,我按照家乡的习俗,带上鞭炮、纸钱,香烛和糖果为父母亲上坟。在鞭炮声中,我缓缓点燃香烛,虔诚地烧着纸钱,轻轻地将坟茔打扫干净,然后静静地坐在父母亲的坟茔前,看缕缕青烟在冬日的夕阳里袅袅上升,看苍天无语白云悠悠而去,想青山怀抱里的父母亲如果重逢,定会再讲着今生未讲完的故事,续着今世未尽的缘。蓦地想起父母亲新婚时父亲以自己的名字打头自吟自写的对联:

瑞草开花连并蒂,祥林奏曲叶和声。

我的心里,升起一幅美妙的图画来。

刀郎之梦

刘腊香

几年前在古香古色的喀什街头上举行的那一场盛大空前的社火,让我想忘也忘不了的是来自麦盖提的刀郎舞表演。那节奏明快而悠扬的旋律里,有一种叫人回味不绝的古韵,动作刚劲简洁,姿态优雅从容的舞蹈,有一种让人不敢轻曼的高贵气质。我一下子就情不自禁地喜欢上了它,且有一种说不清的痴迷与沉醉。

好象是不经意地,我就走进了这个名叫麦盖提的地方。一路上映入眼帘的是一排排葱郁挺拔的白杨树和枝繁叶茂的红柳。方正笔直的顷顷良田在绿色屏障的掩映下,吐出勃勃的生机。

这是一座距离古城喀什有一百七十五公里的又一古老而年轻的边城小镇,就在那个闻名于世的塔克拉玛干大沙漠的西部边缘,它南倚喀喇昆仑山,北以天山为屏障。上苍借叶尔羌河水千百年来的滋养,用绿色的丝带随意一挥,就圈出了这么一块象孤岛一样的瀚海绿洲。日月星辰,人们在这里生息繁衍,演绎着一幕幕悠长的故事。

　　麦盖提县县城不大，以十字街为中心，组成鳞次栉比的屋宇和铺面。宽阔的柏油路面很整洁，街上往来的人群络绎不绝，悠然自在。我发现，这里的人们对麦盖提这块古老土地有着与生俱来的钟情和不可抗拒的魅力。它那带有英雄主义色彩和曾有的不尽繁华的传说，令我遐想万千。假如我有一双神眼，能透过历史的时空，便一定能看到约一千年前的这个广袤肥沃的土地，万顷胡杨繁阴，野兽麇集，群禽翱翔，水草丰美。

　　如此一处绝妙的人间仙境，怪不得一代天骄成吉思汗历尽万水千山的阻隔也不忍割舍。据县志所载，十三世纪，成吉思汗征服新疆后，南疆地区就封赏给了他的次子察合台。

　　"刀郎"它的原意即是"群居"或"分群而居"的意思。如今麦盖提的央塔克乡和库木库萨尔乡一带为刀郎人比较聚居的地方。由于历史和生活所迫等原因，有些刀郎人流落到巴楚、阿克苏一带。在巴楚的毛拉乡，色力布亚镇就有一万多人自称为刀郎人。

　　央塔克乡，维吾尔语意为骆驼刺茂盛的地方，素有"刀郎舞之乡"的美称。每当闲暇或节日，男女老少聚集一处，跳刀郎舞，弹卡龙琴，载歌载舞，其乐融融。他们的作客方式也别有意味，每年的十月秋收后，冬闲之际，刀郎男人骑马或骑驴走乡串户去作客，有时几个人同时去一家作客，走到哪儿，不管认不认识主人都会殷勤接待。

　　而刀郎人的请客方式更是固执而讲究，客人到后，以座位中间为准，右首位置以地位高低顺序排座，左首以地方官员和贫富顺序排座。客人依次坐定后，主人先用玉米糊糊招待，每人一小碗，再上薄饼，后上煮熟后切成块的羊肉。刀郎人遗留下来的这种作客方式和招待方式的民族习俗，在四十年代特别是五十年代后逐渐在改变，现已很难寻见了。

　　我的心里有种怅然若失的感觉。

我便想起据说是在左宗棠收复新疆后带回湖南至今仍居住在桃源县的维吾尔族乡的维吾尔族人,他们在那个世外桃源的异域他乡生息下来,扎下了根,他们是怎样的一种生活呢?人们说,沧海桑田,时间是可以改变一切的。

但是我相信,一定有一种东西,深藏在他们含而不露的目光后面,深藏在他们日复一日平淡的生活里。

站在叶河大桥上,凭栏远眺,叶河两岸,绿树成阴,河水浅浅地流淌,不急也不缓。叶尔羌河,这么样一条几乎在地图上找不到的小河,它曾洗涤过多少风云变幻的时代?呼唤过多少代人由于历史的机缘会集如此,逐水草而居,或游牧狩猎,或垦荒种田,开发出一片片田野,绿洲,村落,乡镇,创造出一个又一个历史传奇,使得麦盖提这块古老的土地到如今仍是如此地丰沃而深邃,如一面旗帜,呼呼生风,猎猎作响!

正是夕阳西下,有一辆毛驴车从叶尔羌河堤岸上缓缓走来,毛驴车上坐着赶车的维吾尔妇人,身边坐着四、五岁的小男孩。妇人不慌不忙,听凭毛驴悠然自得地走,她的脸在夕阳的余辉中涂一层微黄的光,小男孩一脸的天真而茫然。在天色明明暗暗的漠野上,在叶河水轻轻浅浅的堤岸边,这样的景致和氛围酷似一幅原始的童话。

安详而宁静的生活,使得回家的脚步轻松而平缓。实在而又不可或缺的土地,以它本身所拥有的无法估计的力量,成为千百年来人们赖以生存和生活的根基。这就是家园。一代又一代,一年又一年,人们在这里放牧着心灵的歌唱。

刀郎木卡姆,就是飞扬在叶尔羌河之上的精灵;刀郎麦西莱甫,就是震荡在麦盖提这古老而年轻的梦之家园的长歌!

你听,你听!

乐队中的手鼓率先响起来了。依盖提比西高声呐喊起来,叫人们准备好,开始啦,羯鼓应和着发出清脆错落的鼓点,引出了悠扬舒缓的木卡姆乐曲——孜力巴亚宛。这是舞蹈者整装入场,选择舞伴的前奏。一对对舞蹈者相互对转,轻拂慢扭,漫不经心。第一乐段开始了,召唤性的乐句提醒人们已经进入狩猎区。舞者踏着手鼓的节奏,结伴起舞,一对对一双双轮换甩动手臂,作出用手拨动草丛,寻找兽迹的动作,紧张与不安中,姿态仍不失优雅而从容。这一部分舞蹈叫奇克特曼。继而,乐曲转入节奏紧迫、急促、明快的小快板,仿佛找到野兽,男性动作刚劲有力,舞步扑跌有致,双手大张大合,前后左右,大步跳动。女性则沉静地举臂,有如手持火把照明,紧随男人行进。这一部分舞蹈叫赛乃姆。第三个舞蹈片断是赛那克斯,对舞变成了圆阵,男女相向,紧紧相随,围成一个大圆圈,这是围猎的场面。最后一组舞是赛来玛,表现胜利后的欢乐。乐曲奏出昂扬热烈的喜庆音调,舞蹈者恢复双人舞,急速地旋转,旋转。这是真正的犷舞狂歌。空旷和粗犷,幽远而悠长。歌与舞是那么鲜明,那么独立成章而又混为一体;人与自然是那么诗意,那么和谐而又恍若隔世。它仿佛在试图消化掉尘世的噪音和现代人的骚动,因而舞蹈着的多姿里,让人感到有种现实、历史与永恒的交融变奏的旋律。

直到今天,莎车以东的地方还有一片很大的沼泽地。古时候,这片沼泽地叫做"加汗巴克",意即"宇宙园",是莎车王及其将军经常来打猎的地方。传说有一年,威镇莎车的阿依将军(月亮将军)和坤将军(太阳将军)要到此地狩猎,命令流放到麦盖提一带的囚犯们,预先把野兽赶进"加汗巴克",下令周围属国派人堵住这些野兽,不能有丝毫闪失。到了打猎的这一天,将军带上随从浩浩荡荡地明火执仗进入"加汗巴克"。狩猎开始了,将军一声令下,猎手们纷纷出击,追击预先驱赶来的黄羊、野狐,还有被剪去翅膀的天鹅、野鸡。四周埋伏好的属民手执大棒呐喊助威,阻拦四处奔散的野兽。这时,一只黄羊从木哈提部落的人群中逃窜出去。木哈提人见闯下大祸,掉头纷纷追捕,这一来给围场造成了缺口,更多的野兽逃跑了。木哈提人害怕将军加罪杀害，便一起逃到了麦盖提原始森林里，变成了"刀郎人"的一部分。

刀郎人的传说和故事千百年来以它的美丽和浪漫流传至今，但从前狩猎的宇宙园变成了今天的沼泽地，早已度过了它绿草如茵，群禽翱翔的豪华岁月。如今森林越来越少，土地越来越少，人却一天比一天多起来。越来越多的鸟兽虫鱼，花草树木成了人们享受现代文明的猎物。强烈的统治与占有的欲望，使得人与自然的较量越来越烈，人们很难随易看到水草肥美，遍野森林，鸟语花香的清凉世界，不见了成百上千浩浩荡荡围猎欢呼胜利的场景。

重温远古的赖以生存的生活方式，只能在刀郎舞的旋律中去感受，去品味。

这就是刀郎人赋予现代诗意般的生活。

闻名南疆的刀郎羊也称大尾羊，是列为自治区星火计划的麦盖提特有的品种。是的，许多的东西随着岁月的流逝逐渐在改变、消融甚至面目全非，但也许在刀郎人的血液里，一刻也不曾忘掉那"天苍苍，野茫茫，风吹草低见牛羊"的蓝天白云下人与动物，人与自然和谐共处的生活，不然，他们为何一代又一代固执地爱牧羊？

从刀郎人、刀郎羊到刀郎木卡姆、刀郎麦西莱甫，他们的渊源决非突如其来。刀郎舞，在刀郎人生命河流的回音壁上，历史和记忆是如此鲜活地流动着，顽强的表达着。它成了伫立在叶河岸边的刀郎人对远去岁月的倾诉，对梦之家园的渴望。

记忆的河流

刘腊香

　　这是一组照片,黑白的,有些褪了色。照片上的人物很鲜明,一群女兵徒步穿越"死亡之海"的塔克拉玛干大沙漠,望不到头的队伍引起我们的无限遐想。弓着腰拉犁和使劲犁地的男人们的背影让我们情不自禁地想到了亘古荒原上的军垦第一犁。列队欢迎复转达军人和支边青年加入兵团建设行列的照片让我们想起那些火红的岁月、那些火红的战歌。他们定格在小小的方方的邮票里,与鲜艳的中国结连在一起,就这样静静地伫立于人们的视野,静静地冲击着人们的心灵。

　　这是兵团为了纪念屯垦戍边五十周年而发行的纪念邮票。金黄金红的纪念册,让人想起沉甸甸的果实,让人想起夺目的辉煌。而这一组离我们的现实生活遥远得快要淡忘的照片,就这样以她的难以褪色,以她的这种特殊的形式呈现在我们面前,让我们不由得记忆起曾有的记忆。

　　对于兵团,对于兵团人最初的创业岁月,我是陌生的,一如我对地窝子的陌生一样。那是怎样的岁月？那是怎样的生活？那是怎样的一群人？戈壁惊开新世界，亘古荒漠变成绿色家园，如此神话般的梦想是如此地具有神秘色彩，如此地具有强大的诱惑力，兵团人是怎样演绎这一梦幻般的故事的？多年来我一直期待着一次与那一段历史的邂逅。

　　一次偶然的机会，我在被誉为"叶河岸边的希望之花"的农三师四十五团陈列馆里，触摸到了当年那段艰苦的岁月。我站在那些与荒原一样原始而沉寂有如文物的历史面前，心潮难抑，思绪万千。面对亘古荒原戈壁，垦荒的工具简单到不能再简单的镰刀、坎土曼、扁担、独轮车。垦荒的人们居然凭借它们开垦出万顷良田，绿洲村镇。苍海桑田啊，几十年后，它们在完成了它们的历史使命后，回归到陈列馆里，成为现代人们观赏和怀念的话题。这些在上个世纪六十年代被无数皲裂的手和脚用鲜血和汗水饱浸过的那么原始那么粗糙那么简单的垦荒工具，早已被现代化的兵团人用现代化的机械所取代。而我，站在第一代垦荒者使用过的这些穿越时间却穿不透岁月的物品面前，不由得肃然起敬。

　　是的，一架犁，一根扁担，一个坎土曼，丈量着兵团人对梦想的虔诚，对家园的渴盼。哪怕贫瘠的生活将他们对梦想的渴求压缩成一坑苦水，一个包谷馕和钻进地下睡觉的地窝子，而兵团人用浸泡苦水的咸菜支撑着自己的身体，将生命的灵魂化为一种理想之光，在枪林弹雨之后，顾不得征尘未洗，将党的召唤高高举过头顶，百折不挠地在戈壁荒漠傲然成一粒种子，一棵小草，一汪清泉，一片绿洲。

　　那是怎样的一个背影，成为农三师几代人传颂的背影。破旧得不能再破旧的背心，背心上居然烂了一个大洞，还自我解释为凉快透气。感谢新闻记者将创业的生活那么原汁原味地呈现在我们面前，而我伫立在几十年后关于兵团农三师的记忆之中，从整理有如史料似的《叶尔羌报》的新闻中读到那样一个年代的那样一位师长，潸然的眼泪使我无言以对。

　　"毛主席的战士最听党的话，哪里艰苦哪安家。"一首歌曾点燃一代年轻人的心。看着纪念邮票上那些豪情满怀的支边青年的笑脸,心想,几十年过去,在这块荒原上播撒着文明和希望的支青们他们生活得怎么样?几十年过去,他们还无怨无悔吗?

十六岁就从东海之滨的上海支边来到西部边陲的三师团场,一干就是三十六年,从普通知青到团政委到师副政委,无怨无悔地奉献着青春,播撒着热血。在调离三师的告别会上,当年那个十六岁的小姑娘说起无悔的人生选择,说起共同生活战斗了三十六年的人们,声音哽咽,不能自己。

这小小的邮票里有她吗?支边青年如花的笑脸啊!

有,又没有。

我当然知道,当兵团人从地窝子里爬出来,告别清苦、贫穷、落后,在改革的大潮中搏击风浪,追赶匆忙的岁月,追赶现代化的生活时,他们已将创业的岁月打磨成记忆或者定格成照片或者排印成铅字,但那些超乎常人的想像的兵团人艰苦创业的历程和艰苦奋斗的精神,总在我们日复一日的生活中,累积成一个个挥之不去的亮点,耸立在我们的面前,一次次被刻骨铭心地擦亮或点燃,让我们璀璨,让我们震撼。

因而我也才终于明白,图木舒克市挂牌成立的那一天,为什么天空会下着太阳雪,为什么会在数九严寒的冬天,树枝上墙头上人头挤着人头,笑脸对着笑脸,看欢庆的锣鼓敲得震天响,狂欢起刀郎麦西来甫忘了回家。

因而我也才终于明白,兵团人的风骨,就是这样一次又一次穿越历史的风雨,从记忆的河流中向我们流淌而来,源源不断,清澈明亮,流经我们现代的生活,在一天又一天的时光中沉淀成一种精神,一种兵团人独有的精神,一种兵团人勇往直前的精神,以至于兵团五十年的历史已然灿烂成一部史诗,厚重得让世人景仰和赞叹。

精神的守望

刘腊香

　　走进巴楚,初见杨曦东,我的感觉有些失常:瘦高瘦高的个子,零乱蓬松的头发,细弱的声音,有些苍白的脸。我无法相信这么文弱的一个人就是刚刚完成160万字《巴楚县志》的编纂者。

　　手捧精美的《巴楚县志》,我不由得感到这本书沉甸甸的。追溯到西汉时期的千年史,历经多少代人的风云变幻,涉及历史、地理、政治、经济、人文等自然与社会的产生、变化、发展、沿革等,要真实而客观地记录下来,留存下去,这历史就有些太厚重了,这工作就有些太浩繁了。不是为史所生,以史为生的人是不会也不可能埋头于这些深潜的、真实的、流动而又遥远的历史之中的。

　　翻阅史志,我才明白,杨曦东能长久地与史为伴,还因为巴楚这块奇特的土地的吸引。巴楚因其奇特,史志才显得厚重;因其奇特的吸引,编纂史志才有了无穷的魅力,才从中获得了生命的慰藉与愉悦。

　　巴楚的地形地貌像一只奔放的鹿,昂首挺立环视帕米尔高原,前双蹄踏在昆仑雪水融化的叶河之中,后双蹄踏在塔克拉玛干大沙漠之上。美丽的自然风光和名胜景观令人留连忘返。旖旎古老的红海水库，水草丰茂，芦苇叠嶂，鸟飞鱼舞，相映生辉。西北最大的平原水库——小海子水库，北依石山，水天一色，浩淼幽蓝，夏日水山荡舟，犹入蓬莱仙境。原始的胡杨林，是世界罕见的万古森林，那里有丰富的生物资源和名贵药材，珍稀的天然蘑菇就产自胡杨林里，味美鲜嫩，食药兼用，独一无二得无法人工培植，是真正的大自然之子。有着一千五百多年历史的唐王城的遗韵，九座宫殿的雄奇，千险雄关的古战场的烽火硝烟，丝绸古道的昔日辉煌，神奇的马蹄山，美丽的龙山、麻扎山、乌龟山的传说更是将人引入奇瑰的遐想。

巴楚独特的历史地理环境孕育了独特的文化。巴楚浓厚的文化氛围令人称奇叫绝。从刀郎木卡姆悠扬悦耳的旋律到刚毅奔放、妩媚多姿的刀郎舞；从百岁老人的刀郎热瓦甫到姑娘小伙的"皮鞭游戏"；从民间著名人物故事、轶事的传颂到"好人干的好事，流芳百年，恶人干的坏事，遗臭万年"的民歌、歌谣；从各行各业的企业文化到公费赞助、自费出书；从离退休老人的著书立说到诗词曲艺的吟弹咏唱，这块土地上蕴育着太多的激情和诗情，透射出太多的灵气和秀气。钟灵毓秀的山水滋养了一方飘逸美丽的人生。

于是，杨曦东十四年如一日的史志编纂工作也就不足为奇，查阅各类档案近六千卷，抄写资料卡片一万多张，复印、摘抄各类书籍、报刊资料一百多万字，采访知情人二百多人，收集口碑资料二十多万字，拍摄收集图片一千多张，先后六易其稿的浩繁的工作在这里也就成了一种对一个历史空间一个心灵圣地一段逝去岁月的潜意识的眷恋和寻觅，一种从历史的积淀中发掘出的永恒的存在。正如在自治区博物馆里静静地与时间对峙的出土于巴楚的六千多件文物一样，有多少尘封的历史和故事就这样被小心珍贵地发掘出，在现实社会生活的缤纷中重现出岁月的光辉。

比如曾为巴楚人民办了许多好事的李云扬。

四十多年过去了，巴楚人民仍然念念不忘李云扬在巴楚出任县长的短短三年时间里清正廉明，为百姓申冤，修建公路，兴修水利等一系列造福于民的好事。直至在自治区档案馆里收集《巴楚县志》的史料时，才发现这位有口皆碑的国民党政府县长原来是位中共地下党员，遵照党的指示，在艰苦的环境下顽强开展斗争，在巴楚的历史上谱写的光辉的一页。

还历史以真实，刻不容缓。可半个世纪过去，沧海已是桑田，李云扬老人还健在吗？他又在哪里？于是多方打听，辗转寻找，几乎到了踏破铁鞋无觅处的境地，可还是柳暗花明啊，终于寻找到了这位七十多岁的老人。我在《巴楚县志》里看到了李云扬夫妇于一九八九年重返巴楚时与维吾尔妇女的合影。李云扬头戴维吾尔小花帽，精神矍铄，健朗的笑容令人无法相信这已是白发苍苍的老人。这真是一个令人眼热心热的场景。李云扬老人站在他曾生活过战斗过的这块土地上，一定感慨万千。半个世纪过去，弹指一挥间！半个世纪的那边，他为这里的人民披肝沥胆，全心全意；半个世纪的这边，这里的人民为他牵挂在心，念念不忘。而半个世纪里，这里已是天翻地覆。这看上去好象是在延续着一个久远的故事，其实呢，是在铭记着历史的尊严。

杨曦东自与史志结缘起，就受到了一种奇瑰的精神感召。他用自己的眼睛自己的心去寻找历史的时候，他发现自己的生命也变得纯净明澈，觉得这比熙熙攘攘的现代生活更有其空灵、诗化的力量。整整十四年，身边的世界时时刻刻在发生着惊人的变化，文化、生活、经济日新月异，令人眼花缭乱；小小的天地里来了又走，走了又来，升的升迁，调的调离的人像走马灯似的。最后只孤独地剩下他一人的日子可真难熬啊。他无法忘记那次独自骑着自行车去小海子水库考证资料时的情景，炎炎的烈日下，车胎突然爆了，前不着村，后不见人，干渴、饥饿、劳累，他深深地感受到了落寞和惆怅，灰心丧气的他推着自行车在戈壁深处的柏油路上晃晃悠悠地走着，像个梦游人。他几次都想一走了之，可是面对办公室层层叠叠的资料，搜集来的、有待考证的资料，他又于心不忍，他领悟到一种历史的责任，社会的责任。正是这种神圣的责任感、使命感，使他不敢懈怠,使他才能够不计个人得失,一如既往地甚至不为常人所理解的几十公里、上百公里地骑着自行车做着枯燥、乏味的搜集考证资料的工作,有时忙得没有星期天、节假日。这确实需要一种强大的精神力量。他说这是他的人生之树赖以支撑的根。

只是有时,面对历史,他也会很困惑:六七十年代的浮夸风引起的数字的无限夸大,导致一系列事情的失实。面对这些尴尬,只能一一列上表,让人们去思索、去分析、去品味。

岁月如烟,世事艰难而又辉煌。我们的国家、民族和人民经历了多少抗争、血泪、重负和觉悟后留存下的真理、经历、教训和期盼,透过历史的重重迷雾,从岁月深处走来,真实地面对现在,参与我们的社会,警示当代生活,告诫今天的人们,应该更多地从那些经得住时间冲刷的远年岁月的风姿中,领悟未来。

这是来自历史的天籁之音。

这是需要我们用心灵用生命去静静守候的一种精神。

生命的韧力

刘芦群

　　20世纪60年代初的军垦农场，一切尚处于开发建设阶段，生活艰苦，环境恶劣，但人们向往新生活的热情是高涨的。

　　我出生的连队是一个芦苇世界，出门几十米就是一片绵延几十里的芦苇滩。那时，垦荒者们任意找一个地方，割倒一片芦苇，开出一条简易土路，挖出几排地窝子，一个新连队就算诞生了。我家的房前屋后生长着许多粗壮茂密的芦苇。物多必贱，芦苇不值一文，只有烧饭时才想起它，如果哪个地方要开荒，就先放一把火，待高大稠密的芦苇过火再开垦。芦苇的生命力顽强又坚韧，头年割了，第二年又长，而且比上一年粗壮旺盛。"野火烧不尽，春风吹又生"，当年我出生时父母给我取名"芦群"，其寓意就在于此吧。

　　若说一根芦苇的生命你可以小视，那么一丛芦苇的生命就应当认真对待。许多时候我觉得消灭一根芦苇很容易，其实这是表面现象，你只能把露在地面上的芦苇割倒或者"燃烧"，而芦苇的根还活着。那时的农场木材奇缺，睡觉没有铺板，基本上是用柳条编成的排子铺上褥子睡觉。记得有一年春天,父亲早上起床后总是自言自语说睡一觉不但不解乏,反而腰酸疼得直不起来,好像被什么东西顶了。过了些天,父亲终于忍受不住了。决心翻腾一下床铺,寻找原因。当掀起被褥时,我和父亲同时惊呆了。透过红柳条的缝隙,隐约可见一盘鹅黄的绳状物纠结在一起,柱子似地形成一股向上的顶力,红柳条床板就是被这奇异的生命韧力一点点顶起来,隆成了床铺中间的凸突。这是一丛芦苇的力量啊,它给我小小心灵一次巨大的震撼,甚至是一次心灵的冲击。我用手就能轻轻掐断一根根嫩黄的芦苇, 它们因不见阳光而显得脆弱和瘦小,但许多弱不禁风的生命抱成一团,竟能把红柳条床板顶起来,这是一种怎样的韧力啊。

若干年后想起它,似乎觉得它秉承了垦荒人的韧性,在这样恶劣的环境中也能生长。

玉米面里的往事

刘芦群

　　从不会想到粗糙难咽的玉米面经过精装打扮，神气活现地同营养八宝粥、燕麦卷、娃哈哈系列食品、多维豆奶们一起贵族化地走进了食品市场。

　　是好奇是怀旧，更有一种说不清理还乱的思绪，我恭恭敬敬地请这位老相识下锅，煮成糊糊端上桌。

　　"不好吃！"14岁的儿子刚出口，却觑见我的眼神，连忙改口"放点砂子糖可能好吃点。"

　　可我却坐在那半晌没有回过神。记忆的潮水就像打开了五味瓶，黄灿灿的玉米面啊，我对你的亲切和挚爱是很多人都体会不到的。你是那样的香喷喷、黄灿灿。你是我童年饥肠辘辘的美梦，是我难得一饱的美味佳肴，是你伴随着我度过了那难忘的童年。

　　说难吃，其实不然。记忆中，邻居的阿姨们可以就玉米面翻出多少花样？擀面片、煮疙瘩、蒸发糕、捏包子、炒面拌砂糖、饼干馅元宵、打搅团、滚葱花、烙饼、金色银花卷、怪味锅巴……信不信由你，当初物以稀为贵，玉米面会变出几多闻所未闻的饭食。

　　只可惜我家姊妹多，那时的玉米面如不定量，不到月底也就没得吃了。因为饿得无奈，挖老鼠洞、翻饲草堆，什么没有干过？放学后，上树拔沙枣晾干，磨成粉状和水烤干当饼子吃，揪把嫩苜蓿打个菜汤就是一顿上好的饭。

儿时的我是在离连队几公里远的畜牧点度过的，那里只有四户人家，没有电灯，几百只鸡和我们作伴。父亲是牧羊班的班长，而母亲则和一个阿姨在饲养着鸡。为此，我们常常期望着她会悄悄拿回几个鸡蛋给我们煮了吃，可每每失望。只有为数不多的几次，她拿回过几个已经破碎的卖不出去的鸡蛋，掐把苜蓿包饺子，我们全家立刻就像过年一样热闹。

终日沉闷的父亲也会一改往日的威严，轻哼一曲"一条大河波浪宽……"，童年的我实在是弄不明白，个高、浓眉大眼可谓英俊的父亲为什么总干这样的活？我们家为什么要住在这么偏远的地方？妈妈那双像扎刀一样的手天天拼命地干活，从没有半点私心又是为什么从没有评上先进？稍大知点人世后，谜底才终于找到。那是因为祖父在解放前在当地是个很有影响的小小芝麻官。

那时，年幼的我一直觉得家里和外边的气氛始终是沉闷的，而在这些日子里我们整天琢磨的就是如何填饱肚皮。记得放学后，几公里的路程跑下来，晚上饿得背不出课文了，畜牧点周围的鸟窝就会经常遭到袭击。爬树、上房、和小伙伴们打架，老师和连队的叔叔阿姨们没少告我的状，为此我也没少挨父亲的打。可就在这种特殊情况下造就了我特有的性格。那时，大人们给我封了个"假小子"的外号。

说起来还真难忘那一年的夏天，不知道那是个什么好日子。放学后听小妹说，晚上家里做好吃的了。饥肠辘辘的我听罢立刻和小妹往家跑去，没想到一进家门立刻和母亲撞了个正怀，一脸盆刚出锅的鸡汤玉米疙瘩不偏不斜顺着我的脖子向下浇去。刻骨铭心地疼痛后，脖子上至今留下了一片难以抹去的疤痕，它成了我心头永远的记忆。

一年三百六十五个日子啊，黄灿灿的玉米面伴随着我们一代人度过了那艰难的岁月，如今却被精心包装、大模大样地以绿色营养食品的名义在所有幸福的家庭出现，这对于今天的年轻人来说却有着异乎寻常的意味。

哦，你的那双手

刘芦群

　　在电视广告上常常看见淑女们的纤纤玉指，每逢此时我就会想起你，想起你的那双手。

　　认识你是在八年前夏季的那片胡杨林。我奉命前去采访从上海支边到新疆二十八年、曾荣获全国"三八"红旗手荣誉称号的你。你伸出一双干涩、布满皱纹的手和我相握。我问你："二十八年来，你一直安心边疆，默默无闻地工作，做出了突出成绩，你的精神支柱是什么？"你不停地搓着那双布满皱纹、关节突出的手，半天才道出一句话来："我不会讲大道理，领导让我干什么，我都尽力去做好它。"二十八年的风风雨雨，你仅用简单的一句话就概括了，甚至不愿多说一句。通过走访曾经和你战斗过的同事，我慢慢地了解了你。

　　你1966年支边进疆，曾在农三师四十五团开过荒、种地过、打过柴禾、扛过木头。有一年冬天，为了多打些柴禾供同事取暖，过冰时你连车带人掉进冰窟，幸好前来接你的同事及时赶到，将你救起送进医院，可第二天你又拖着虚弱的身子出现在劳动工地上。1970年，你所在的连队被调到新建团场。5年后，已经是两个孩子母亲的你又调到良种连搞良种繁育。丈夫远在几百公里远的哈里胡其劳改农场当干警。你忙于工作很少顾及孩子,两个孩子饥一顿饱一顿,生病了都是托儿所阿姨带到医院看病。育种最苦是人工杂交,你白天干完活回到家腰都直不起来,晚上还要核对材料。炎炎烈日里,你要观察作物的抗旱性;风沙弥漫中,你要记载作物的抗倒伏性。一次你因农药中毒倒在地里四个小时后才被试验组的同事发现。1989年夏季,团场干旱缺水,已调至水管站分水闸口的你,为了测准水情,多次跳到齐肩深的洪水中去测水;为了给每个连队准确配水,你又常常是备好干粮,水到哪人到哪。一天深夜两点,你正准备去十二公里外的一个连队关闸停水,忽然电闪雷鸣、风雨交加,两个孩子紧紧地抱着你说:"爸爸走了,您也走,我们害怕。"可你泪水在眼眶里打了个转,还是走了。在即将停水的一天,你因病住进了医院,消息像风一样吹遍了全团。纯朴的维吾尔族乡亲有的提着鸡蛋,有的掂着羊肉来看你,把病房围得水泄不通,他们没有忘记你这位从大城市来的汉族"阿达西"。时任团长也来了,当他看到眼前这动人的场面,看到卧床昏迷不醒、面色铁青、腹部高高隆起、生命垂危的你时,他噙着眼泪一再嘱咐你身边的医生从你肚里抽出腹水。被诊断为腹膜结核和因劳累过度还患有其它多种疾病,需在疗养休息半年的你打了二十多天吊针竟奇迹般地站了起来,并在一个漆黑的夜晚未经医生的允许,偷偷地回到了你战斗、生活过的六号闸口。

"人生真正的价值在于奉献,然而奉献的价值却很难被理解,你不是名噪一时的女强人,也不是叱咤风云的女改革家,你很普通,普通得像黄埔江的一粒种子,飘过千山万水,落在戈壁开花结果,用生命染就了一片绿色……"当晚,我用饱含深情的笔墨写下了你。没想到,不到半个月的时间,以你为主题的人物通讯《染绿了戈壁的一滴黄埔江水》竟在两家省级报刊上同时发表,当年还荣获兵团"学先进,比奉献巾帼建功"二等奖。兵团工会还将你推荐为全国劳模。

岁月如梭。三年前,在我即将调离这个团场时,一个偶然的机会,我再次遇见了你,你抬起手向我伸过来。再次握住你这双手,我感慨万千。

　　人们常说,看一个人的手可以明白一个人的真正年龄。你还不到50岁,手上却布满了这么多密密麻麻的年龄,握起来有些扎人。你说你即将退休,丈夫还有几年,你得陪着他再干下去。

　　临别,你告诉我,退休后还要回到六号闸口。那里胡杨萧萧,红柳丛丛,野兔出没,吸引你的是什么?驱车走在回家的路上,车窗外掠过绿树环绕纤陌纵横的田野,还有散落在原野上幢幢的平房、楼房,那里有工厂、学校、医院……是啊!兵团的辉煌不正是由像你这样的一双双手创造的吗?

　　左昌桂——哦,你的那双手了……

荼花

刘芦群

　　我刚参加工作的时候，有一次在收工的路上顺手摘了几株开着绒团般白花的茅草，无心地在手里搓着玩着。同行的技术员告诉我，这种草俗称"狗尾草"，古书上则称"荼"，就是人们常说的"如火如荼"的荼。

　　听了技术员的话，我仔细端详着这些常见面而不大叫人留意的草。它从叶里伸出一根紫红色的茎，茎的顶端开着一束很小的白色的花儿，形如谷穗，颇为别致。但我却怎么也体会不到一点点"如火如荼"的味道。何以叫"如火如荼"呢？它应该像熊熊燃烧的火，能给人以光和热，炽烈、辉煌、壮丽，像征着无限的生命力，可眼前这几株清淡无华、而又"弱不禁风"的小草，怎么能和"波澜壮阔""气势宏伟"之类的形象词语联系起来呢？我有点茫然了。

　　后来有一次，我们到离连队很远的"大干渠"清污泥，休息时，我和几个女伴相随着去看男同胞捕鱼。经过一片芦苇荡，一种奇特的景观扑入我的眼睑，我不由地对伙伴们惊呼起来："你们看呀！眼前是一片开着白花的海洋！"远远看去，一直延伸到地平线的远方，和天边白云相连，无边无际。微风吹来,它摇曳摆动,掀起一层层银色的波浪,一忽儿滚滚而来,一忽儿滚滚而去,这番景观犹如咆哮的海涛,神奇、开阔、壮观,我不禁神思飞扬了。

一株草,无论它如何美丽奇特,却不过是一株草,不免随风摇摆,能以自立。倘若它和同类们一起组成草的海洋,则可抵抗风雨的袭击,形成一幅波澜壮阔的画面。一个人何尝不是这样,无论它如何聪明,如何富有才干,却不过是沧海一粟,汪洋中的一滴水。倘若他离开了革命队伍,离开了集体,就如同水滴离开了海洋,非但成不了波澜,且会干竭,乃至消亡。

我愿为沧海中的一粟,群卉中的一草,新时代开拓者中的普通一员。

岁月如歌

刘芦群

　　我出生于20世纪60年代初一个正待开发的军垦农场。那时,我出生的连队是一个芦苇世界,出门几十米就是一片绵延几十里的芦苇滩。儿时的我,是在离连队几公里远的畜牧点度过的。那里只有四户人家,没有电灯,没有伙伴,终日里只有随同摇曳的两排沙枣树和数千只羊、几百只鸡和我做伴。很多年后,父亲在我走向工作岗位的前夜,默默地将一本发黄的账本,连同几个红皮荣誉证书一起郑重地放在我的面前。账本上记录着某月某日下了多少只鸡蛋,生了几只小羊……还有父亲立一次二等功和两次三等功的荣誉证书……

　　翻看这些陈年已久的东西,泪水模糊了我的双眼。1983年秋的一天,正在地里掰包谷的我被连队领导告知,我将作为团场数百名青年积极分子代表和政治处主任一起到刚刚组建的农三师党校第一届干部培训班学习的喜讯……当我参加完一个月的短期培训后,师宣传部又让我参加了为期三个月的农三师第一期通讯员培训班。学完返团后,我成为文革结束、恢复兵团建制后的第一任连队文教。

　　1987年底,我随爱人一起调到一个新的团场工作。如今想起来，那是怎样的一种环境啊！它是农三师最边远的团场，他在这里当指导员，我教书。放眼望去，这里到处是漫漫黄沙，一脚下去，浮土入膝。离团部14公里的路程，骑车走在铺满红柳、梭梭、罗布麻掺杂在一起的灌木杂草路上，到一次团部，最快也得一个半小时。一年后，工代会换届，差额选举中没曾想我当选为女职工委员会主任。期间，我在领导的大力支持下，在《叶尔羌报》开办了题为《巾帼鸿雁志，巧手绘宏图》的全师第一期反映女职工先进事迹的专栏。团场"三八"红旗手营业员王桂珍医院优秀护士杨月英；荣获兵团先进女职工称号王建香及荣获兵团"模范拥警的好警嫂"方清秀等，都成了那个时期全师各行各业妇女学习的榜样。

1993年底，在自治区工会七大、兵团工会恢复组建十周年表彰会上，《的锣声》在《兵团日报》开展的《寸金杯》征文比赛活动中获一等奖；撰写的反映一名60年代上海支边青年扎根边疆，作出突出贡献感人事迹的报告文学《染绿了戈壁的一滴黄埔江水》当年荣获兵团"学先进、比奉献巾帼建功"征文比赛二等奖；还有一篇通讯获《工人时报》二版头条新闻大赛二等奖。

1996年，我被师工会推荐到中华女子学院学习，并代表100多名兵团学员在开学典礼大会上发了言。

岁月如歌，我做梦都没有想到，我，一个在芦苇丛中长大的丑小鸭，有一天会站在首都北京的主席台上，面对着那么多优秀的妇女讲话，激动的泪水模糊了我的双眼……

以后的岁月里，随着爱人工作的不断变动，在小海子垦区五十二团我又担任过几年的宣传科科长，2001年又在师宣传部门担任文明办副主任。就在我即将步入不惑之年的时候，我又回到了曾经战斗过的地方，和一批新时代的开拓者们，一起用心在建设一座新型的城市——图木舒克市。

写这篇文章的前夜，不知何故，我情不自禁地翻开了满满一箱荣誉证书。轻轻地擦拭着那一张张记录着我人生轨迹的证书，我百感交集。

　　个性是一种品格、是一种精神、是一种力量、是一种魅力、是一种财富。有了它就有了做人的尊严,它能使你从羁绊中自拔,从无奈中奋起;它不会被岁月带走,不因斗转星移而磨损棱角,后天不断地塑造,使我每每在人生的关键时期,以独特的方式展现自己,用智慧和心血造就了生命中一个又一个亮点,我会一次又一次地要求自己忘记曾经拥有过的光荣……

在大地面前

刘芦群

白底红字的校徽,在阳光下一闪一闪,发出诱人的光泽。他戴着它,接受着无数羡慕的目光的检阅……

这样的梦,他几乎天天做。然而梦不是现实。现实又是什么样子呢?为了得到那一枚校徽,他几乎把命都搭上了。那数不清的日日夜夜啊!可最后呢?他总是落榜,落榜!他和大学的校徽根本无缘。

"申请报考农业广播学校的青年,务必于8月20日到劳资科报到……"广播员的声音在他听来总是那样的刺耳,他每每都能从她的声音中听到炫耀的成份。他们曾经是同学,可她高中一毕业就干上了广播员,她有个好父亲。

他环视着四周一望无际的戈壁,丧气极了。"难道这辈子就永远面朝黄土背朝天了?"他痛苦地朝自己发问。

一同毕业的伙伴,纷纷找门路远走高飞了。他们留下话:"宁肯在外边要饭,也不回来包地!"他也想那么做。但连长说:"小李子,留下来吧,咱连的土质不算坏,你有文化,身体又结实,好好搞,或许能搞出大名堂呢……"

退了休的父亲也说："留下吧,到时遇到困难的事,还有我呢!"

他便留下了。他包了50亩小麦,他要用它来证明:自己在农场这个大考场上,能够交出一份像样的答卷来!

然而他毕竟经验少。小麦拔节时,施肥过量,麦苗全部倒伏,一年的心血和希望转眼间化为乌有。

年底,他倒挂公家上千元。

"儿呀,爸不拦你了,到外面去找个临时工,也比干这活强。窝在这里,到以后怕连对象也不好找呵!"父亲吧嗒着烟,怜爱地望着儿子。

"向失败低头的人最没出息!"连长说。然后又告诉了他中央农业广播学校招生的消息。

他报名参加了。

他的房间里没挂一张花花绿绿的美人像,四处贴满了各种农作物挂图和统计表。他做了十多万字的笔记,一个通宵一个通宵地熬,熬得母亲既心痛儿子又心痛灯油,对邻居报怨说,摊上了这么一个"熬干灯"的儿子。

秋去冬至,他没日没夜地在田间地头苦干,还挤出时间来学习,常常吃不上一顿应时饭,睡不了一个囫囵觉。

第二年,他承包的70亩小麦、10亩棉花,在干旱缺水的情况下,均获丰收,并且创了全连最高纪录,一年扭亏为盈,打了个翻身仗。

连长笑了。他父亲也乐了。

外出的同学一个接一个地回来了。他们听说了他的成绩。

那晚的月亮好圆好圆,一群青年男女坐在他家的院子里热烈地交谈着……当大家离开他家时,他对他们说:"要勇敢地面对现实!"

走进荒原

刘芦群

在祖国神奇的西部边疆，有一片神奇的土地，这儿是风沙的世界，旱魃的故乡。就在这片土地的西缘，有一个被称为"皮恰克松地"的地方，传说中，从前有个维吾尔族勇士——抗巴依逃到这里，夜宿胡杨林，被狼困住，他从腰间抽出刀子和恶狼搏斗折断了刀子，此地由此而得名。

解放前夕的皮恰克松地，是一片古老的原始戈壁。勤劳的维吾尔牧民，在这里定居后，开垦出荒地，建立了村庄。到了解放后这里只有3000多名维吾尔族农牧民，洪水到哪里，农牧民就游牧到哪里。

1969年6月15日，皮恰克松地被授予中国人民解放军新疆军区生产建设兵团农业建设第三师五十三团番号。至此，大批复转军人、支边青年等纷纷来到这里。

历史驻迹，万物侧目，这是前无古人创世纪的宣战。

塔克拉玛干，意为进得去出不来的"死亡之海"。踏进这浩瀚沙海，只见漫漫黄沙，一脚下去，浮土入膝，于是垦荒伊始，他们给荒漠开"膛"，挖道沟床，砍来红柳、梭梭、罗布麻，掺杂在一起填进"床"里，铺成一条灌木杂草路，人走上去，颤颤悠悠，像走在弹簧上，但荒漠总算有了路。

没有房屋，他们背来芦苇草，砍来梧桐树，挖地窝子，白手起家，垦荒造田。首战的1969年，垦荒近5000亩，产粮200万公斤，产棉2000万公斤，粮食清油基本自给。

叶尔羌河畔的军垦之鹰，当它的一只翅膀——农业，搏击风云，开始显示威力的时候，它的另一只翅膀——工业，也欢快地鼓动起来。一座又一座新厂，相继建成投产，一片又一片崭新的厂房出现在西域的风景线上，把军垦新城装点得更加美丽、壮观。

开拓，是没有边界的，五十三团不仅在经济的疆土上开拓、耕耘，也伸向更广阔的原野。

军垦之"犁"伸向教育领域、科技领域、文化领域，于是就有了与农场同日诞生的子女学校，有了兵团人竖指称道的一流教育中心，有了良种连、试验站，有了连队的阅览室，团场的业余宣传队……

九十年代中期，各项事业都达到了一个高峰，工农业总产值达到六个亿，为国家上交粮食200万公斤，交售棉花35万担。这个数目或许不那么震撼人心，但是这些产品是产自亿万年的大荒漠，那一粒粒粮食就象淘金一样淘出来的，那一朵朵棉花就象挖银一样挖出来的，那一滴滴食油，就像炼油一样"炼"出来的。短短的27年间，五十三团两次被国务院评为"全国民族团结进步模范单位"。1994年被国家统计局、中国技术评价中心评为"首届中国农业企业，科技投入100强"、"兵团先进基层党支部"、农三师"弘扬三师精神"荣誉称号。

今天，五十三团修建了柏油路，通了高压电，盖了红砖房，一座座新楼，一片片林立的烟囱，田畴秀美，林带纵横，阡陌生辉，皮恰克松地发生的一切，令人魂牵梦绕。

叶河颂

崔俊仁

在地处祖国西部边陲的塔克拉玛干大漠边缘,有一条河叫做叶尔羌河,这条河哺育了沿河而居的人们一代代一辈辈——

你百转千回地流淌着一个又一个的春夏秋冬,在将近20万屯垦戍边者不曾干涸的喉咙间,奔涌起源远流长的永进曲。

听人讲,你来自很远的昆仑山,带着无私的奉献精神,给人以生息繁衍的希望,无悔地来到荒漠,来到戈壁,来到田园。

你流淌着时空的乳汁,洗涤着大地的尘埃,驱散着所有的干渴全部的饥饿。

你寻觅着力量的延伸、梦想的希冀。你把一切都汇集成一道弯曲的龙体,在华夏大地驰骋成一种图腾。

你沉寂于晨光的雾霭中,静默于落日的余晖里,任风沙袭击暴雨来临,你自毅然奔去。

你,用一颗不倦的无私的心,让屯垦戍边的人们随意来汲取,使你的梦、你的歌在祖国的大西北回响,在兵团宏伟事业的山巅高扬……

哦,叶尔羌河呵,你永远有做不完的梦,唱不完的歌。

永远的洋芋蛋

崔俊仁

被人友善地呼之为"洋芋蛋"是在步入工作岗位后的事。

从小生在甘肃,长在甘肃,记忆中最让人欣慰的是,洋芋伴随着我度过了美好的童年时光。直到如今,我仍然时时想起家乡的洋芋,想起那些在地头垄间劳作着种植洋芋的乡亲们。

我从来不相信什么"甘肃洋芋蛋,能吃不能干"之类带有片面性的谬论,只知道洋芋似甘肃人般地实实在在,丰富着老百姓日益丰盈的生活。不信么?当你津津有味地品尝着餐桌上那香喷喷的爆炒青丝、可口的粉汤大烩菜、光溜溜的凉拌粉皮,还有那脆生生的油炸芋片……你能否想到,这些饭菜都是"洋芋蛋"的杰作?

家乡每年都要大面积种植洋芋,每到春季,洋芋才开始播种,过不了一星期,它总会无声无息地抽出嫩白的芽儿,长出片片葱茏的绿叶。当夏日干旱少雨季节来临,其它作物被火红的太阳炽烤得没精打采时,惟有洋芋能以顽强的生命力茁壮成长,它不畏自然环境的恶劣,总能把细长的根须深扎于土壤,将果实封存于土壤深处,从来不向人类炫耀什么，外露的只有那粗壮的枝杆撑起的绿叶。从洋芋那苍翠的长势里，我深深地读懂了父辈们心系陇原的情结。

直言不讳地说，甘肃的自然环境是差一些，经济方面人均国内生产总值仅为3470元，居西部10省区第9位。我们也应该看到甘肃的优势，诸如兰州白兰瓜、天水苹果、文县花椒、庆阳黄花菜及岷县当归、文县党参等在全国很有名气。另外，甘肃矿藏和水电资源丰富，据此建立了有色金属、石油化工、电力机械、毛纺织等工业，刘家峡水电站、白银铜矿、天水铅锌矿、玉门油矿等在国内极有影响。名胜古迹诸如会宁会师楼、敦煌莫高窟、嘉峪关、天水麦积山石窟、兰州五泉山公园等，还有如省会兰州是陇海、兰新、包兰、兰青等铁路枢纽……这一切优势的存在，我相信甘肃将会在西部开发中加快发展，强省富民，重振雄风。

我爱甘肃，更爱甘肃的洋芋蛋，爱甘肃老百姓那种无怨的奉献精神、搏击苦难和不畏艰险的精神，更爱他们的淳朴善良和精明干炼。

我愿是永远的"洋芋蛋"……

母亲

崔俊仁

"母亲节"催我提笔,想写写我的母亲。

读高中的那阵子,我寄宿的学校,每顿都供应二毛钱或三毛钱的菜汤或小碗面,但家境贫寒的我却很少吃。每逢集日,母亲便会从十里外山那边的家步行到学校,带给我好几个罐头瓶子。瓶里装满了母亲用苦苦菜制作的酸菜或用韭菜腌制的咸菜,清香四溢,惹得镇上的同学总要拿白面馍来换着吃。

母亲每次来学校,总是提着布兜子挨个儿在每个班级教室门口向里张望。由于视力不好,她往往要花好长时间才能在班里搜寻到我的身影。通常都是我在听课或写作业时无意间把头转向窗外,就看到母亲正倾着身子向教室里探望。每每此时,我总会既惊喜又满含酸楚地走出教室,轻轻地来到母亲身后,接过那满兜子的罐头瓶子。

高三那年,由于语文成绩突出,我作为学校惟一代表到地区去参加作文竞赛。临行,母亲执意要去送我。我知道她心里高兴,但我却充满了担心;作为当时成年的我,不在乎走六七十里的山路,可是母亲,她能行吗?

　　路上,母亲高兴得像个孩子,不住地告诉我不要紧张,要放开心情……临到城区时,母亲忽然说她不去了,让我好好发挥,争取拿奖,并说她相信我能拿奖。转过身走出不远,母亲似乎想起了什么,又叫住了我。我看见母亲的右手伸进上衣口袋摸着,好半天才摸出皱皱的一块钱,塞到我的手中:"去,买个冰糕吃吧。"阳光下,母亲满脸汗水,表情写满期待。同其他家庭富足的参赛者学生家长相比,母亲给我的爱是那样地艰难而沉重。我紧攥着那一元钱进了赛场。我舍不得用它去买冰糕,它赋予我的力量是任何一种冰糕比不了的呵。

　　考上四川师范大学那年,为了凑足我那8000元的学费,我偷偷地跑到县城卖了两次血。母亲则把家里仅有的两头猪、一头驴卖掉了。谁都知道,对于一个山里的农民来说,失去毛驴将意味着什么,但母亲却满心欢喜,很不在乎。

　　上大二那一年的夏天,舅舅打来电话,告诉我,母亲病倒了。当时正值麦收季节,母亲在麦地晒晕了,等有人发现,赶快将昏厥过去的母亲送往医院时,身旁只有我的两个不谙世事的小妹。后来,有好心人找来了舅舅。听着电话那头舅舅唠唠叨叨的陈述,我的心碎了。我深深懂得,自己的每一步成长都离不开母亲的血汗,只有暗暗下定决心,好好学习,将来好好孝敬过早地失去了伴侣,而苦苦支撑着这个破碎家庭的母亲。

　　如今,我已参加工作,用薪水给母亲买块冰糕不再是难事,我却更愿用自己手中的笔,为如今健康状况良好的母亲写一块"冰糕",给辛劳一生的母亲一个安慰,给我自己的心灵一个安慰。

感悟记者

崔俊仁

一次去友人家玩，当友人不到6岁的女儿得知我是记者时，仰起稚幼的脸庞怯生生地问："叔叔，记者是官吗？"我笑了："不是。""那是什么呢？"小女孩又问。我和友人一时竟不知如何回答，都语塞了。

是啊，记者是什么呢？小女孩一个看似简单的问题，竟成了我时时思索和品味的问题。据《中华词典》解释：记者是媒体中负责采访各类新闻并写出报道的专职人员。回想自己干新闻采编工作以来的经历，我要说，记者是有着一双敏锐的洞察力和观察力眼睛的雄鹰；是脚踏实地、默默无闻，面对险恶永不低头的大漠驼群；是勇敢勤劳，从不迷恋喧嚣闹市、不沉醉于推杯换盏、不走别人走过的老路、总能推陈出新的草原骏马。

雄鹰志向远大，鹏程万里，它可以迎着狂风骤雨遨游长空、搏击苍穹，可以密切注视大地万物，一旦发现猎物便会俯冲而下。记者亦应如此，在社会生活中把握方向、明辨是非，以敏锐的政治观察力和新闻敏感性随时捕获新闻，不被五颜六色的现像所迷惑，在日常看起来平静若水的现像中挖掘出激动人心的东西,从人物心灵深处窥探出最有生命力的东西,从而达到启迪教育人的目的。

骆驼可以置自己生存环境的好劣于不顾,在没有花草的浩渺沙海里昂首挺胸,勇往直前,在丛生荆棘的逆境中坦然地走好自己的每一步路,从不为名利所左右。记者亦应有骆驼般执著的精神和不屈的信念,去挖掘别人未挖掘的,创造别人未创造的作品,即:扑下身子,深入基层,到老百姓的生活中找寻闪光点。不哗众取宠,不贪图虚荣,要面对困难,迎取成功。前进的路途没有一帆风顺,但至少可以似沙漠驼群般只管走好自己的路,任由众人去评说。有一点可以肯定,骆驼永不后退,只有前行的脚步。

骏马有着敢于跨山涧、越草地、过险滩的胆识和气魄。记者亦应以这种胆识和气魄争取一切工作的主动性,不可一见困难就畏缩、逃避,要迎着阻力困难上,才可以采撷到好的新闻,获取到好的信息。新闻的根本职能是以正确的舆论引导人,在建设中国特色社会主义事业中发挥有力的思想保证和舆论支持作用,记者就是发挥这种作用的主导者。一个有社会责任感的记者,就要把握好党的路线、方针、政策的大局,似草原骏马般坦荡无私,胸襟宽阔,以全局之观念站在高起点,看到新希望,用自己奔涌不竭的思潮,为改革鼓劲,为开放呐喊,为国家进步扬帆,为人民生活幸福喝彩。

感悟了有关记者这一行当的点滴,我要说,记者不是官,但得像领导那样具有全局意识;记者不是普通老百姓,但必须与老百姓同甘共苦,感受到社会脉搏的跳动;记者不是演员,但在采访时必须扮演与被采访人接近或相同的角色,要承担起与广大人民群众同呼吸共命运的社会责任。

总归说来,我还得为自己跨入记者这一行当而欣慰,我可以用自己的笔,记述天下的事,高兴了可以引吭高歌,见平凡百姓不生疏,双脚所到之处,都会有所感慨,都能有东西可写,这岂不令人痛快之极!?有道是:"工人做工,农民种地,商人用脑,战士操枪。"尽管社会分工不同,所干不一,但哪一行都须付出艰辛的劳动,有的甚至要付出血汗。记者亦如此,也是苦中有乐,苦尽甘来,在经历了一种沉甸甸的感觉之后,记者所面对的却是金灿灿的收获。

这,就是我所感悟的记者。

掀起春天的盖头来

崔俊仁

掀起春天的盖头来,三月的空气清新而温暖,三月的兵团充满了泥土的芬芳与职工的执著。春天,当轻柔的雨丝飘落农家的房舍与田园,秋后希望的种子已悄然落土。

掀起春天的盖头来,中央经济工作会议精神已遍布神州大地、已深入人心。兵团的职工,吻着阳春的芳唇,踩着兵团实施西部大开发战略会议精神的鼓点,迎着兵团新一届党委班子"减负一千元"的声声春雷,走进三月,走进再创兵团辉煌的旅程。杨柳飞絮轻拂河谷,田地树木深绿如玉,鸟鸣虫啾生动如歌。

春光灿烂,额头上汗珠淋漓的垦区男儿,正抡起有力的臂膀,挥起生辉的坎土曼。多情的女子妩媚如春,羞涩的目光把扎根献身兵团的激情燎烧得涌荡如潮。春天的日子,一切都是那样郁郁葱葱,生机盎然。兵团,如雨后春笋,似一汪古老的清泉,已穿越岁月的沟壑,在坎坷的时光里蜿蜒成一条银龙,润泽了大漠戈壁忧伤而苍老的面容。

掀起春天的盖头来,让我们深情地高歌春风,拥抱光明。让流泻如潮的情思冲走固执的偏见,击碎陈旧的观念，继续循着一代伟人所走过的一个又一个春天的不凡足迹，把我们的信仰和追求高高举起，迎着新世纪的曙光，穿越上下五千年的纵横岁月，在历史与现实的经纬中，紧抓西部大开发的难得机遇，率先奋起，勇挑重担，敢当先锋，以兵团人无畏的创业精神和华夏民族特有的骨骼镶嵌出新千年祖国西部边陲如春的辉煌。

师恩难忘

崔俊仁

"静静的深夜,群星在闪耀,老师的房间彻夜明亮……"一曲婉转、动听的学子对老师的崇敬和爱戴,又体现了老师们多少的艰辛与劳累?当又一个教师节来临,几位恩师的身影在我的脑海里愈显清晰、明朗而高大。

那是上小学四年级时,学校分来一位刚从师范院校毕业、大不了我们10岁的马致远老师。他个子不高,嘴巴小小,讲起话来慢声细语,宛如微风拂过。他从不打骂学生。那时我们班是出了名差班,学习、纪律、卫生周评下来总是全校11个班级中的倒数第一。一个刚从学校毕业的"娃娃"老师怎能担任班主任,家长们都很纳闷。马老师首先从组建班委会入手,推行学生轮留主持班委工作制度,打破了落后贫困山区学校班干部由班主任说了算的模式,无形中赢得了学生和家长的支持。

马老师教我们语文,我在《少年文史报》上发表的处女作《嫂子》便是在马老师指导推荐下产生的。后来他在班里组建了音、体、美、文等四个学习兴趣活动小组,一年后我班成为全校模范班级。如今,已升任学校副校长的马老师还在积极探索新形势下素质教育的发展与创新课题,他的教育论文也多次荣登《中国教育报》"思想理论"专版。作为我写作路上的指导者,至今我还经常在电话上向马老师请教,他还是那样一丝不苟、循循善诱。

上中学后,教我们语文的是马老师的同学亚峰老师。经马老师积极举荐,我一上中学便成了校文学社《晨露》月刊的编委之一,在边学习边办刊中, 又是亚峰老师让我迷上散文和诗歌。在中考前夕,父亲突然病逝,我没有参加考试,家庭的意外变故使我断了上学念头。就在这时亚峰老师来到我家,带来了全校师生对我的关怀,给予我生活上的资助,我只有把全部的精力都用在学习上,以此作为对他们的报答。现为四川师范大学教育系主任的游育恒老师,时任我们班主任的吴凤菊老师,还有刘小凤、蒋华老师,都曾在我面临失学之际,无私地帮助我。他们介绍我去做家教,教我如何去面对困难与挫折,这使我从困境中勇敢地走了过来,使我成为大山深处小山村里第一个赴外省区读完大学的学生。如今每当我打电话向老师们问好时, 他们总是用鼓励的言辞给我以无尽的教诲和深深的祝福。

师恩难忘,是他们以父母之心培育了一茬茬祖国"四化"建设的有用人才;是他们以无私的奉献精神营造了华夏大地的灿烂辉煌; 是他们令诸多迷途学生走向新程、重获希望……面对9月10日——这一神圣的节日,我要对普天下的老师道声:老师,您辛苦了。

雪中雾中松树塘

谢家贵

　　出哈密过盘山公路，穿过溪水淙淙流淌的长长的峡谷，便来到了松树塘。

　　松树塘是巴里坤大草原的门户，是这片绿色大草原重要的一部分。小车即将要驶出峡谷的时候，一阵嘀嘀嗒嗒的雨点极富有节奏地敲打着车窗，之后，雨点又化为片片雪花无声无息地飘来，落在车上，落在静静的原野上，远处的天空一片迷茫，山峰、树林、原野都笼罩在乳白色的迷雾之中，疑有帝子天神下凡，令人心旷神怡。

　　小车爬过这一座小坡便进入了松树塘，下了小车，微微感觉到丝丝凉意直闯胸臆，"六月天山雪，无花只有寒"的意境一下身临肤触。放目望去，雾雪覆盖、漫山皆白，如诗如画，我一下竟然找不到恰当的语言来形容，只得从大脑里翻出清朝诗人洪亮吉的惊叹："好奇好客忽至此，大笑一呼忘九死。"洪亮吉手持缰绳倚在马背上的大笑一呼似乎还觉得没能表达出他心中的那种感受，卧在马背又写下了"千峰万峰同一峰，峰峰削尽天蒙茸，千松万松同一松，杆悉直上无回容"的《松树塘记》一诗,他完全被眼前的景色迷住了,他没有了远征的愁容和离别故土的痛苦,威武挥鞭,尽情地在松树塘、在大草原上纵缰驰骋。

雪终于停了,浓浓的白雾渐渐地化成朵朵云团缓缓升上天空,柔和的太阳照亮了白雪皑皑的雪峰,仿佛镀上了一层光亮的色彩,山腰、林海叠翠、松涛阵阵,谷地绿草如茵,像铺了一层厚厚的绿色的毯子,草尖上挂满了晶莹透亮的露珠,泉水淙淙、骏马飞驰、牛羊蠕动,犹如镶嵌在大地上的一幅鲜活生动的油彩画。

沿着绿径小道,行走在辽阔的草原上,鞋湿了、袜湿了、裤角也湿了,但我没有停歇,似乎固执地要从中年的我走回到我的童年。

兵团绿洲是一个神话,是镶嵌在西部大地的绿色长城,是镌刻荒漠的一道风景。兵团绿洲在祖国不断发展壮大的54年中,锻铸得钢筋铁骨一般。正是在这样的背景下,兵团绿洲才叫做绿洲,这样的绿色长城才叫做长城。连绵数千里的兵团绿洲,在经历的漠风中抵御风沙,为一方土地和活在这块土地上的人们提供庇护和滋养,像一位绝不炫耀、毫无所求的乡间母亲,顽强生存,只知贡献。从某种意义上来讲,它要比长城更加具有一种伟大非凡的意义,显示着人类与大自然协调与沟通。

长城是一个民族的像征,而兵团绿洲则是生活在地球上所有人类的灵性的共同追求,对于生活在这块土地上的人们来说是骄傲、更是希望。

行走在兵团绿洲之中,让思绪融于一幅幅惊心动魄的画面,与兵团的前辈一道踏着如雨点般的马蹄、推着飞一般的独轮车、挥舞着刀剑铸成的铁镐,一点绿色、一片绿色,向着远方延伸而去……

忆往昔,峥嵘岁月,兵团人面对一望无际的戈壁大漠,人烟罕至的塞外边地,面对告别父母妻儿的长途征战,他们往往少有悲泪吁叹,他们平静地面对刀光剑影和马革裹尸,把目光放得很远,在荒漠之中留下了一道耀眼、灿亮的光环。世行官员说,由退役军人组建的绿色部队,是中国的一个创举,创造的是一个辉煌,它的出现,为世界性的开发事业作出了良好的示范。

兵团绿洲、兵团人建造起来的绿色长城在那个征战塞外,赴汤蹈火、坦然生死的背景下,竟然能够让绿洲沐浴风雨,亮丽卓绝,延续久远,真的把兵团人的风范与自信焕发得越加豪迈。

在祖国走过了54年光辉历程的今天,兵团人把一种神话贴近了大地,贴近了苍生,赋予广阔无际的漠野一个鲜活的生命。

喀什噶尔：最后的制陶世家

谢家贵

　　沿着喀什高台民居幽深的小巷，穿过一座座民居，来到矗立在半山坡前祖农阿西木的家。

　　这是一座典型的维吾尔风俗的民居，外粗内秀，古朴厚实。年代似乎已是久远。在门外墙上，悬挂着维、汉语的"祖农·阿西木五代传统手工土陶"的招牌；这是一个手工制陶的世家。

　　祖农·阿西木家的手工制陶已经走过300多年的历史了，据说他们家生产的陶碗还摆在伦敦大英博物馆的橱柜里。然而，父亲两个月前不幸去世，12个兄弟姐妹，只有大哥吐逊·祖农继承父业，使得这个手工制陶的技艺还保留着惟一的传人。

　　祖农·阿西木走得过于匆忙，对家族的历史还没有来得及细说就撒手而去了，对于这个家来说也许是一大憾事。目前，惟一知道一点线索的是祖农阿西木的妻子依明力汗。她说她的丈夫是从他的父亲阿西木·铁来善的手中接过的这份技艺，并继承至今。当然，如今的手工制陶已远没有他们上一辈那么红火了，在市场经济的大潮中，手工制陶已是日落黄昏了。依明力汗告诉我，现在一个土陶制品在市场上最多卖两块钱，而且买的人也特别少，几乎没有市场，都被时尚的瓷器、木器、塑料制品所代替。后来喀什市政府把祖农·阿西木的手工制陶作为一种独特的文化资源保护和宣传后,这种状况才略有所好转。

尽管手工制陶遭遇着前所未有的尴尬境地,对于祖农·阿西木一家人来说,还是与这份技艺有着割不断的情丝或情结。依明力汗非常自豪地讲述了这样一个故事。

公元73年,班超率一支轻骑奉命远征西域,36位勇士吃饭的碗即是这种陶碗。一次,在进击于阗的反叛势力中,班超用了几千个陶碗摆了个以少胜多、以进为退的迷魂阵,令叛军头目犯疑,不得不后撤数里,班超率领的将士们取得平息叛军的胜利。小小陶碗与国家利益联系在一起,不能不说是一种至高无上的荣誉。

对于祖农·阿西木一家来说,最值得炫耀的是他们的祖辈曾经用这些陶碗迎接中国人民解放军,用它为亲人送水、送馕、送稀饭……也许正是因为这种情愫,在家家手工制陶相继退出的时候,祖农·阿西木一家依然执著地坚守到最后,令人十分感动。

在依明力汗的热情邀请下,我们走进了手工制陶作坊,作坊分上下两层,光线比较昏暗。下层是搅拌陶泥的地方,沿着台阶、穿过天窗一般的小孔来到二层。秉承父业的吐逊·祖农背靠后墙,揉拌好的陶泥放在自制的木质轴盘上,双手不停地转动陶泥,他微微地向我们点点头,没有说话,专心致志地制作着手中的陶器。一会儿,一个漂亮的陶壶就在他手中诞生了。吐逊·祖农告诉我们,这些手工制作的陶坯完成后,再晾干,再涂上颜色。虽然颜色比较单一,但是,这种颜色粉末都是从戈壁滩或山上采集的各色石块碾磨而成的,再添加铁锈和植物油,才会有你想要的颜色,在制陶的过程中,还有压纹、刻纹、堆纹和涂纹4种方法,这些工序完成后,就将陶坯放入馒头型的窑内点火烧制。在烧制的过程中,窑内的火候不同烧出的颜色也就不同,这也是一门大学问哩!

手工制陶这种维吾尔族的传统文化已走过了上千年的历史,如今还在发扬光大不能不说是一种幸运的事情。尽管许多手工制陶坊都已退出,但有理由相信,它会以一种文化的现象而载入史册。

神木奇绝

陈平

　　走遍天山南北,新疆有五绝:吐鲁番的山绝,喀纳斯的水绝,魔鬼城的风绝,帕米尔的天绝,温宿的树绝。

　　南疆六月,暑气蒸人。阿克苏的朋友说去游神木园,既可避暑,又能观赏神奇树木。车出温宿县向北行驶在平坦的柏油路上,遥望天山越来越近。石头滩远接天边,仅有星星点点的草丛。突然,石门开处,吐出一团浓绿,如烟似波,滚滚而来。怪哉!方圆数十里无绿树,童山濯濯,林木抱成团却藏在这里。

　　车至林边,有牌名"天山神木园"。再读维吾尔文介绍"开尔米西阿西木玛扎",意为"圣人开尔米西之墓"。传说公园11世纪初,一位名叫苏力坦开尔米西赛依德的穆斯林率教徒传教到此地,死后埋在这里。

　　传说经不起推敲,因为园中不少古树已逾千年,开尔米西来此之前已有泉有树。

　　园中神奇怪诞的树木使历史和传说都黯然失色。一进园,湿润清凉之气拂面,消去了满身暑热,"常恨春归无觅处,不料却在此山中。"顺小径往上

65

走,脚下野草繁茂,头顶浓阴遮天。一株株怪树令人击掌叫绝。一棵有1500年树龄的银白杨,须三四人合抱,树杆生三个瘤,如百岁老人的寿眉,一株山柳斜横而卧,粗枝长成三五个大圆圈,仿佛大梦初醒倚床头的美女选挂耳环。另一山柳皮裂身绽,形状峥嵘,伏地如鹿,粗壮的枝杆如鹿角蓬生。一株杨树与一杏树演绎"绝恋",紧紧拥抱,竟成一体,人称"鸳鸯树"。这丛粗壮的"旋风柳"激动了我的感情,可成万木绝胜!

走上坡顶,有一泉水,碗口大小,汩汩而流。维吾尔语"巴西布拉克"意为"泉之首"。神木园680亩漫坡地是泉水溢出带,北泉在坡顶,泉眼最大。传说泉水有灵可治百病,可遂心愿。泉边树枝上密密麻麻挂满五颜六色的布条儿,这是游人许了心愿挂物为信。掬一捧泉水,果然甘甜可口。

顺坡而上,怪树令人目不暇接:或卧、或跃、或虬龙腾空,或惊狮吼风。更有一山柳如鳄鱼出潭,令人骇然止步,恐其啸而扑。惊愕过后终于有了千万温柔:被称为"母亲柳"的一棵百年山柳,抚育脊背上的"孩子"茁壮成长,枝繁叶茂,而自己憔悴伛偻的身躯曲弓于草丛之中,令人慨叹"可怜天下父母心"!

看一眼"马头树"令人终生难忘:一棵两人合抱粗的挺直高大的新疆杨,齐胸处银白树皮裂开,竟伸出一尊黑色的马头!传说唐僧取经在山坡下的流沙河(维语库木勒克河)降伏沙和尚,白龙马拴在杨树上,那树神速长大,将白龙马包在树杆里了,只挣扎出了马头。

漫坡野草繁茂。野薄荷、野芹菜、蒲耳草、苦豆子、车前草、苦苦菜……数不胜数,闻其香沁人心脾。有位江南游客说,走遍大江南北,三山五岳,九寨沟,海南岛,没有见过这么多这么怪的树,真是天下一绝。

我们久久不愿离开神木园。站在下坡上望,古树峥嵘。山口处多老树,它们与风斗了千百年,弯了身子,扭了筋骨,变了形状。而下风处的树年轻挺拔,高大强壮。此树此景,令人顿悟:山口顶风处站着女娲、夸父,站着始祖轩辕和大禹;其后是中华民族生生不息繁衍发展,是五千年的文明……

中华民族之魂钟于此山此树。

位卑未敢忘忧国

陈平

　　人到了中年,两次换单位都适逢国家和民族的盛大喜事。

　　公元1997年香港回归,百年国耻、一朝洗雪,举国欢庆。而我却遇到人生重大转折:从农三师调到兵团纪律检查委员会。单位一换,人生骤变;地理位置变了,从原来工作生活了十几年的喀什市调到乌鲁木齐,东移1500公里;工作变了,从宣传思想工作转变为办纪检杂志。是年我已49岁,适应能力却比年轻时差了许多,我很快发现我不适应新单位。

　　我到纪委工作不久,电话机换成带锁的,电脑也被设密码锁了。第二季度我们办公室电话费1500元,有关领导批示"严肃查处"。同事们立刻警觉地将怀疑的目光盯向了我。幸亏查明是电脑打错了单子,我才消了一身冷汗。一天,在楼梯上碰到办公厅万副主任,他问我:"你愿意到史志办工作吗。"我说:"我非常愿意。""那可是个比较冷清的部门?""我喜欢冷清,喜欢读书写作,研究学问"。

　　楼梯上的两分钟改变了我的命运。我很快调到史志办。兵团机关不少人甚至不知道史志办是干什么的。现在的大多数年轻人不喜看史书。但是,我庆幸自己调了个好单位。从此,虽然世人仍为位子、车子、房子、票子等繁忙浮躁,我却在浩如烟海的史书中吸取知识和力量。

我惊喜地发现中国的地方史志是一个巨大的文化宝库。五千年的政事兵事,山川河流、民俗、民风、神话传说、精英人物、能工巧匠等尽在其中。我像饥者扑在面包上似地捧读一本本志书,空闲时还把自己多年发表的散文辑录成册,出版了散文集《走过喀什》,受到文友好评。

公元2001年7月13日晚上,是炎黄子孙的狂欢之夜。当电视里播出萨翁宣布:"北京赢了!"立时响遍了激烈的爆竹声和欢呼声。

我在"老夫聊发少年狂"后,心里却奇怪为什么在民族盛典之时却是我调换单位之日?是是上午,兵团办公厅张副主任找我谈话,办公厅决定把我由史志办调到信访局。我当即就想到:好日子过到头了!几天来,我夜夜辗转于床,彻夜难眠。

办公厅领导和我谈话时说我政治可靠,原则性强,基层工作经验丰富,大学中文系毕业,还懂维吾尔语言文字,年龄50出头,正是干部最成熟的阶段。但是要离开令我受益非浅的史志办,我从心里舍不得。

7月23日,也就是北京申奥成功的第十天,我到信访局上班。我骑自行车提前十多分钟到兵团机关大院门口,就看见几十个上访者已坐在门旁。处长侯爱民是位干练精明、思维敏捷的女同志。她质朴而简练的欢迎词是"欢迎你到信访局来上班,我们一起接待吧!"

几位群众代表开始陈述上访缘由:他们60人是共青团农场煤矿工人,煤矿改制被拍卖给私人,他们已3个月没有收入了,其中还有几位伤残工人。

我是个喜欢喝茶的人,但这天上午连口白开水都没喝上。而那批煤矿工人说啥也不走。他们提出的要求有合乎政策的,也有不符合政策的,但是听不进去我们的解释。在反反复复做了许多说服工作后,直到夜里11时,煤矿的上访者才离开。

一天下来,我口干舌燥,处于高度亢奋之中,并对信访工作者有了新的认识和理解。信访工作是为党和政府化解矛盾、反映民情、消除隐患,是人民行使民主权、监督政府依法行政的重要渠道。如果说我长期从事的宣传工作主题是阳光灿烂,那么信访工作是消除阳光未照到的阴影。朱镕基说得好,信访工作是党和人民群众关系的"寒暑表"、是党和政府的"调节器"、是人民表达意见的"民主窗"。

"位卑未敢忘忧国",早年苦读古典文学时刻在脑海中的诗句浮现出来。掏心里话,信访工作者,我想说爱你不容易。但是,我喜欢《说句心里话》这首歌的朴实歌词:"你不扛枪我不扛枪,谁来保卫祖国谁来保卫家……"。你不搞信访我不搞信访,谁来为民说话谁来为国解忧……

脱库孜沙莱依

陈平

从航天飞机上遥望地球有两块斑点：撒哈拉大沙漠和塔克拉玛干大沙漠。塔克拉玛干大沙漠这黄色的魔怪在"死亡之海"的大旗下，东奔西打，不断扩张，但是西面一道广袤的绿洲挡住了它黄色的触角。

这道绿色屏障名叫图木休克，维吾尔语意为"突出的一角"。古人怎么知道这里是大漠向西突出的一角？莫非他们曾翱翔于空中？

今天，这里是新疆生产建设兵团农三师图木舒克市，九万多人口中有六万多少数民族。我曾用两年多时间在这里采集民间文学。那淳厚的民风，奇特的民俗，神奇的传说，神秘的古城遗址，令人神往，发人深思。

这里是举世闻名的古丝绸之路上重要的一段。一边是难以逾越的天山，另一边是被称为"死亡之海"的塔里木大沙漠，人们顺河流走必经图木休克。这里有座湮灭千年的古城"脱库孜沙莱依"，维吾尔语意为"九座宫殿"。从这个名字不难看出昔日的辉煌了。

维吾尔族人称这座残破的古城叫"唐王城"。

也许是因为他们的祖先见到这座城时正是唐朝。

我们从汉文史料中知道，这里在公元前12世纪是西域三十六国中的尉头国，后曾是古龟兹国与古疏勒国的分界线，是一座依山傍水的军事要塞。唐朝时叫"握瑟德"。我们现在见到的"唐王城"是屯兵处，真正的城市在龙山东北二十多公里的沙漠里。那座城十分宏大，面积有好几个平方公里。至今街巷依稀可见，陶片俯拾即是。大风过后，有人还去寻找珠宝。

我几次登山凭吊"唐王城"。我最欣赏刘禹锡的《金陵怀古》诗句"山围故国周遭在，浪打空城寂寞回"。那瀚海沙浪前呼后拥来谒拜这座古城了，当它们看到残破的古城仅剩山坡上的黄土堆了，只有失望而归了。

你看，一咏石山从北蜿蜒而来，向东伸展出去。山虽不高却气势峥嵘，色如铁铸，上无寸草；石似斧錾，棱角分明。山脉中断形成大溪口。古代喀什噶尔河就从此溪口流向塔里木河。

这座不起眼的山有着神奇的传说。

阿克他木镇的老翻译沙德尔告诉我，这座山古代叫"旷铁吉尔塔台"，汉语即"龙山"。传说远古时代这里常闹水灾，百姓苦不堪言。向天祈祷九天九夜后，突然雷电大作，巨龙凌空而下横卧溪口挡住洪水，化作一道石山。后来，这座山又改叫"包尔其山"，维吾尔语为"编席子的人"。据说后来这里成了湖泊，芦苇丛生，人们以编席子为生。

夕阳映照，逆光勾勒出的山脊果然如龙。

龙是古代汉人的图腾。在图木休克听到龙的故事，使我们看到古代汉文化对天山南北少数民族文化的衍射之光。

石山绝壁上有斜排三个洞窟。我紧贴石崖慢挪寸步，攀援而上。偶一下瞥，天旋地转，毛骨悚然。两个洞窟中佛像已荡然无存，另一窟中尚存残像，高一米多，为坐佛像，气派庄重。

"脱库孜沙莱依"——"九座宫殿"，那宫殿其实是寺庙佛塔。古代，这里佛事沸沸扬扬，红火一时。山坡上矗立着高大的佛寺，附属建筑僧房、殿堂等如众星捧月。

与佛塔隔河相望是一座宏伟的烽火台,城墙环峰护卫。登峰火台北望一山洼,四周残墙依稀可见。此为屯兵之处。古城毁灭之时,这里是人马葬身之处。千年之后,血肉之躯沤成极具肥力的"阿沙土"。百姓曾挖"阿沙土"当肥料使用。近年来没有人挖了。一是政府有法令不得再挖,要保护文物。二是"文化大革命"中挖"阿沙土"塌方压死了人,百姓说鬼魂发怒了。

我曾见过百姓挖出的"菩萨头",外陶内木,发髻高绾,脸丰气润,秃颈颀长,与敦煌飞天酷肖。

登山远眺,感慨万千。念天地之悠悠,思古丝绸之路名城的辉煌,我揣摸着这个神秘的名字——"唐王城"……

长歌轻扬重霄九

陈平

　　我和应书栋同志相识三十多年,我们的缘份在唱歌。

　　1965年夏天,农三师四十二团所在地木华里热闹非凡,轰传已久的上海支边青年隆重抵达。那天晚上举办的联欢会使木华里的老军垦如听仙乐。那舞跳得热情奔放,美不胜收;那歌唱得心潮澎湃,流水行云。我那时挤在观众堆里兴奋得只顾拍巴掌。我平生第一次体会到什么是如醉如痴,什么是艺术的魅力。那天演出一位高个子上海支青引人注目:他身材瘦长,戴着深度眼镜,身穿不太合身的黄军装,乍一看没有多少艺术家的气质,但一开口唱歌立刻气压全场:"阿哈赫尼拉……"。观众屏息聆听,那音域宽广,音质浑厚,如闻白山松涛黑水波涌。余音未散,掌声雷动。从此,我知道乌苏里江有赫哲人,知道唱歌的上海支青是应大个子。

　　后来,知道了他的名字叫应书栋。那年我调到测量组当测工,长年在戈壁滩上,无报纸,无广播,无书信。偶然回了团部方知"文革"已开始"横扫牛鬼蛇神"。中午食堂排队打饭,忽见墙上一片大字报,"揭开演出队阶级斗争盖子",说那里藏了不少

74

出身不好的人,其中竟有"应书栋"。我也属"可以教育好的子女"之列,当下背上凉气抽骨,仿佛无影无踪而又无处不在的猎枪在寻找目标。我逃之夭夭。听说应大个子已被发配到连队,不让上台了,也不让我们听船歌了。

"文革"恶梦醒来迟。应大个子又出现在舞台上。那时兵团解体,喀什地区农垦局举办职工文艺会演。应大个子率四十二团演出队参加会演,又一次引起轰动。他的一曲《挑担茶叶上北京》音质圆润,抑扬顿挫,行云流水,如闻茶香,观众报以热烈掌声。内行人看出应书栋有深厚的音乐功底,有很强的组织协调能力,他被选中任刚组建的农垦局文工团团长。

山不转水转。几年后我又和老应打交道了。1982年兵团恢复建制,我调农三师宣传处当干事。那年秋天,我跟着领导去草湖检查文工团工作,我惊叹老应白手起家又创业。他的弟子已不是上海支青而是活蹦乱跳的农场娃娃。简陋的小院中的排球网,老应还表演了几个漂亮的扣球。晚上彩排,那阵势真像个专业文艺团体;乐队有小提琴、电子琴、长笛、长号等;舞蹈队员功底扎实,动作规范;从这些可爱的年轻人身上看到了年轻时应大个子的影子。

不久,实力很强的喀什地区文工团二队与农垦局文工团合并成立农三师文工团。厚积薄发,风正帆悬,三师文工团闻名遐迩,轰动一时。喀什各族人民刮目相看"屯垦人"。有位长期在三师工作的老领导曾说,兵团与地方加强团结有三条纽带:医院、学校、文工团。这是对老应工作的最好评价。

邓小平南巡讲话发表后,农三师的群众文化活动掀起热潮,我和老应的多次合作都心情愉快,效果很好。他为人谦和,善于调处各种复杂的矛盾和人事关系,又精通文艺工作,很好共事。《纪念毛主席延辰一百周年大合唱比赛》,参加合唱九个队,群众歌手近千人,演唱三十首歌,老应又当教头,又当导演,又要操心大量组织工作和调处单位与单位、人与人的矛盾。我深知其中甘苦,深深佩服老应。我俩之间为节目有争议,有时面红耳赤,但胸无芥蒂,心情坦然，办好每次活动是我们共同目标，个人无所求。那次活动场面宏大，气氛热烈，至今被三师人津津乐道。我任评委主任，评比结果难免招人抱怨。我开玩笑说老应把得罪人的事交给我，他宽慰地一笑说你高兴不高兴?大家高兴不高兴?高兴就好!

1995年秋天，喀什地区为庆祝红军长征胜利六十周年和国庆节，举办了规模空前的大合唱比赛。党政军企各系统组成十二个合唱队，登台队员一千多人。各队积极准备，争先恐后，欲决高下。农三师合唱队120多人表现出很高的演唱水平，博得阵阵掌声。评委主任是喀什师范学院维吾尔族音乐教授。在评委席上他热情地对我说，《我的祖国》我唱了几十年，听了几十年，在喀什的舞台上我听了无数人唱这首歌，只有今天，只有农三师唱出了这首歌的艺术魅力，这首歌的第二声部很难唱，你们唱出来了。这位老音乐家说得十分内行。老应为排演这首歌费了很大劲儿。他说唱好这首歌关键有二，一是领唱必须音质朴实，略带童音不可用美声技巧，二是第二声部一定要唱出来，在轰轰烈烈的背后有多少默默的奉献和心血。

1997年，我调到乌鲁木齐市兵团机关工作。我常常回忆我在四十二团、在师机关工作的情景，无数战友包括老应的音容笑貌常浮现于眼前。前不久惊闻恶耗：老应病逝!我疾走在大街上想找个人说说老应，说说我的沉痛与怀念，在满眼高楼和人流中我竟无人可诉，倍感孤独。我忽然想起，1983年我和老应参加兵团文代会，报到后找地方吃中午饭。我俩在农贸市场买了馕和羊头肉，回招待所路上羊头肉把塑料袋烫透了底，一下掉在路上。我们全然不顾城里人鄙视的目光，把肉捡起来兜回招待所用自来水冲干净，老应去讨了一撮盐，我们吃得很开心。此情此景，恍若昨日。而今再没机会与老应一块唱歌一块吃肉一块高兴了……

"阿哈赫尼拉……"

路遇阿米娜

陈平

　　阿米娜是乌铁局跑上海列车上的一名普通的列车员。在我不知道她的姓名和身世经历时,我一直以为她是位汉族女性。那天我登上54次特快列车。卧铺车厢虽然人不太多,但也有点纷乱。有人往行李架上塞箱包,有人往铺底下放东西。一位女列车员热情招呼着旅客摆好行李,挂好毛巾。她长脸儿、细眉俊目,忙而不乱。说一口纯正流畅的新疆普通话。那气质、那神韵使我怎么也没有想到她竟是维吾尔族。列车飞驶,车厢里渐渐有序了。卧铺那头传来维吾尔女性柔美话语。我是土生土长的喀什人,遇到旅途上的维吾尔兄弟,听到喀什乡音格外亲切。我伸出头张望着,听到维吾尔女性的声音:"列车是公共场所,请不要吸烟。"说着她拿着抹布出现在车厢那头。怎么会是她?等她走近我们的卧铺擦小桌时,称赞道:"你的维语讲得真好!"她淡淡一笑:"我是维族。"我一愣,旁边一位温州小伙子抢过话说:"你长得太像汉族姑娘了!我们一直以为你是汉族姑娘!"她笑而不答,细心地把我们的皮鞋一一摆好,卧铺上下打量一番,转身到另一节卧铺去了。

　　天色漆黑,列车轻快地行驶在河西走廊荒野

里。车厢空气清新,旅客纷纷入睡。大灯熄了,小灯柔亮。那位女列车员忙碌了一天,坐在小桌子旁凭窗凝望。我和温州小伙毫无睡意,和她低声攀谈起来。先说列车员的辛苦,渐渐地引出了她的身世经历。

她叫阿米娜,父亲是维吾尔族,母亲是汉族,是1963年从上海支边进疆的女青年。母亲进疆后在阿克苏农一师团场劳动。后来认识了在阿瓦提县接受再教育的父亲。"你长得像你妈妈",温州小伙子肯定地说。"我们三姐妹,姐姐和妹妹长得像爸爸,我像妈妈。"她很开通,很愿意与人交流。我曾经参加过欢迎进疆的上海支青,深知当年南疆生活的艰辛。我们很快有了共同语言。

阿米娜二十八岁,与五岁的女儿生活在一起。女儿在上海姥姥家里。她长年奔波在万里铁路线上,最幸福的感觉就是与女儿待在一起的时候。她中专毕业就到铁路上工作,干了十年列车员。那会儿列车没有空调。跑上海四天三夜,风大尘多,煤炉烧开水,列车员抹布扫帚不离手,一天下来累得骨头散了架。遇到乱扔垃圾乱吐瓜籽皮的旅客,你还得忍气好好说,一遍遍打扫。阿米娜说。我说:"你女儿讲汉语还是维语?""她爷爷教她维语,姥姥家里教她上海话。""她长大了一定是精通汉维两种语言的天才。"阿米娜欣慰地笑了。

她说,上个月全国公安开展严厉打击拐卖妇女儿童犯罪专项斗争,从上海运回一批被拐卖到内地的维吾尔族儿童。她被抽到十号车厢专职负责照顾这批儿童。看到儿童胳膊上被烟头烫的伤痕,听到一声声"阿姨"的呼唤,她的心儿落泪了:"他们都是喀什和田最贫困农村的孩子……什么时候富起来,这种悲剧就不会发生了。"

夜深了,阿米娜悄声催我早点休息,不要惊动其他旅客。第二天,阿米娜倒班休息,我们没有见到她。第三天,车快到上海站,阿米娜又忙碌起来,没有时间与我们交谈了。直到列车进上海站,我想与她告别,车厢纷乱,人们都站在走道上贴着窗户看。我走下列车,回头望着玻璃窗忙碌的身影,心里默默祝道:阿米娜,快点呦!你只有六个小时与你可爱的女儿团聚……

景山听歌

陈平

　　景山公园又小又无奇山丽水，但在北京名气极大。老北京侃起那棵歪脖子树来无不眉目生辉：那可是崇祯爷上吊的地方！全世界只有这棵树吊死过皇帝！

　　久闻歪脖子树大名，早想见识一下。进公园门，拾阶登小丘。树木高大，花草繁茂。登上万春亭，北望故宫，金碧辉煌，王气凛然；南望钟楼，古色古香，巍然鹤立；旁有北海公园碧水红舟，绿海白塔。望护城河宽而深，城墙高大坚固如铜铸，谁问当年李自成农民军如何攻得下这般固若金汤的城池？其实很简单，是被农民军领袖重金收买的宦官打开了城门。腐败的王朝必然产生腐败的官僚；而腐败的官僚必然瓦解腐败王朝。

　　我顺台绕行，寻那棵歪脖子树。我仿佛看到崇祯仓皇奔走着，提着一把滴血宝剑。他刚砍杀了嫔妃和亲生女儿，又奔上万春宫撞钟召集援兵，但只召来几个宦官。农民军杀声震天，烽火四起。崇祯只有绝望地伸颈白练。为什么临死他还写下最后的诏书"任贼分裂朕尸勿伤百姓一人"？难道真是人之将死其言也善……

79

正想着，一阵歌声如松涛般涌过来，那歌雄浑豪壮，如惊涛拍岸，卷起千堆雪。"一条大河波浪宽，风吹稻花香两岸……"我迎着歌声走去，仿佛进了时间隧道回倒了我的青年时代。

几棵合抱大树下，数百群众聚集一块儿大合唱。这是景山星期天合唱团的演唱，许多游客也自发加入，因为那些歌曲太有魅力、太有吸引力了。我也不由自主加入合唱，很快融入那炽烈的情感急流之中：在五星红旗迎风飘扬中，我们聆听伟大的惊天动地的声音，"中国人民从此站起来了"；在风烟滚滚炮声隆隆中，我们的英雄手握爆破筒高喊"向我开炮"向敌人扑去，"为什么战旗美如画，英雄的鲜血染红了她"；在共和国最艰苦的时代，我们的人民培育了一个平凡而伟大的儿子雷锋，那头戴军帽手握冲锋枪的形象永远铭刻在我们心头。

在合唱间隙，居然有几只小鸟飞到合唱指挥者头顶屋梁上，欢快地跳着叽喳叫着，与歌者同乐。我环顾周围，歌者多是中老年人，甚至有位中年人推着轮椅上的妻子来唱歌。轮椅上的中年女性认真地翻着乐谱，虚弱的身体使她只能嘴唇轻轻颤抖着跟着唱。我心里砰然一动：为什么我们如此喜欢这些歌呢？答案可能有很多，但是重要的是这些歌唱出了那个时代的人民的心声，抒发了那个时代人民群众共同的情感。

沉醉在歌声中，我突然想起下午要上火车，还有歪脖子树没寻见。我一步一唱离开合唱群众。歌声如瀑如涛，引我恋恋回首。

这就是那棵歪脖子树，长在斜坡上，树皮乌黑，树形苍劲。"勿伤百姓一人"是崇祯良心发作？崇祯当皇帝十六年，天下闹灾十五年，地方官奏报，关中、河南大旱，赤地千里，甚至人相食；崇祯毫不怜悯，皇宫里窖藏银子发霉，宫女近万人。更不必说各级贪官鱼肉百姓，腐化奢侈。

那边歌声飘来"我们唱着东方红、当家作主站起来；我们唱着春天的故事，改革开放富起来……"

和田寻刀

陈平

　　和田玉闻名遐迩。在大巴扎往地摊边一站，立即有三五人围住你，从怀中掏出石头往你手里塞，街头巷尾，紧追不舍，是石是璞，真假难分，使人冷了买玉心。那天，我进了一家豪华玉器店，坐在沙发上，旁边有一位福态的维吾尔族老人，我以为他和我一样是顾客。不料他也撩开衣襟炫耀腰间的一串生肖玉挂。但是，他始料不及的是我只对他的小折刀感兴趣。那刀长半掌，钢质细密，光亮油润，刀柄红绿相间，小巧玲珑。我赞不绝口："牙克西皮恰克（好刀）。"老人如遇知音，滔滔不绝地说：和田刀的种类不知有多少，这种小折刀最好，越用越利，永不生锈，吃羊肉、刮骨头，携带方便，而且可以刮胡子。边说边试，刀过须落。当我说买几把小刀作纪念品时，老人热情地说这位刀匠人们都叫他"托卡皮恰克其"（腿有残疾的刀匠），你们只管去寻找。一定要问中老年人，不要问年轻人，年轻人不喜欢这种刀，忘了和田名折刀的老匠人。言毕，老人引我们出商店门，指了方向。

　　寻这位刀匠真费劲儿。问路得到的回答都是

"欧——达",拖音长是路远,拖音短是路近。但是我们外地客人需要的是何街何门牌号,"欧——达"是多远都弄不准。然而我们寻刀的兴趣和神秘感更浓了。因为好几个老人一听我们打听"托卡皮恰克其",都掏出了使用了多年的小折刀。但是我们仍不知如何才能找到那位刀匠。幸亏遇到一位懂汉话的中年出租车司机。他告诉我们怎么走,还郑重叮嘱你们只说买刀,不要问钢火怎么处理的,技术秘密不传外人。

终于找到刀匠家。一敲门听其声音细弱,全无铁匠的洪钟之音,一进门便顿觉几分失望,这位刀匠年近七旬,脸色苍白,枯瘦如柴,拄一拐杖,一步一蜷腿。房屋陈旧,工棚竟是枯枝围成,一张床大小,置一烘炉、一铁帖、一手摇鼓风机。此情此景,与精致的折刀与乡亲们对刀匠的崇敬爱戴太不相称了。老刀匠沉稳地说买刀要提前三五天定货,你们是远客两天后傍晚来取吧。告辞出门,我们议论是不是找错人了。是真是假,以刀为凭。

两天后吃了晚饭,我们如约登门。老刀匠欣然展开一纸包,亮出五把精致的小折刀。我们把玩欣赏,爱不释手。老人说,他叫买买提明阿洪,七十岁了。二十岁时一场大病右腿残疾。打刀技艺,代代相传,淬火钢化,已成绝技。这院子是祖宅,解放前是农村。父子俩打好刀拿到城里卖。这刀不卷刃不生锈。好刀用好钢。钢板烧红解成刀坯,冷锤疾打,淬火钢化,制成刀刃。装刀柄要经几十道工序。一身薄技,抚育六个孩子长大成家。说着老人给刀开刃。他仿佛年轻了几十岁,弃杖登上木架踏动木板,皮条带动砂轮,火星飞溅。这台近乎原始的砂轮机竟是他自己设计制造,用了半个世纪了。跨下木架,他珍爱地用衣襟擦净每把小刀,托于掌,献于客。又送我们至小巷口,仿佛送走的不是几把小刀而是远嫁的姑娘。

走出好远,我一回头,老人拄杖巷口。黄金有价玉无价,和田有比玉更珍贵的东西……

刀郎文化溯源

郑掷

盘点近年中国文化"热词",当属"刀郎"。歌手罗林以"刀郎"为艺名红遍大江南北,他的第二张专辑掀起新一轮的"刀郎"热;今年初,原生态的刀郎歌舞进军北京世纪剧院,使北京观众受到震撼;近日,由5名老艺人组成的刀郎木卡姆的民间班社乘飞机抵达巴黎,参加法国艺术节演出。

有业内人士称,2005年将是中国"刀郎文化年"。

刀郎人

刀郎,维吾尔语,意为"群居"或"分群而居"之意。

刀郎人是维吾尔族的一部分,但他们的衣食住行,风俗习惯及语言特点又与其他地区维吾尔族略有不同。

刀郎人的待客方式固执而讲究,客人进门,右手第一个是最尊贵的位置,其次以地位高低顺序排座,左首以地方官员和贫富顺序排座。坐定后,主人拿铜壶浇水让客人洗手,依次右手绕左手,左手绕右手各3次,不能多不能少,更不能甩手上的水珠,只能用毛巾擦。先上热茶、馕,后上大块清炖羊肉,馕坑肉,拉面、汤面等。这种待客方式流传至今。

刀郎人拥有自己的独特文化形态,刀郎文化是喀什维吾尔族文化中的瑰宝和活化石,一直流传在叶尔羌河两岸。刀郎舞、刀郎乐、刀郎画、刀郎羊被称为"刀郎四绝"。

刀郎舞

刀郎舞又称"刀郎赛乃姆",是表现狩猎过程的一种粗犷豪放,节奏深沉,动作刚劲有力的民间舞蹈。盛行在叶尔羌河畔的麦盖提、巴楚、图木舒克、莎车、阿瓦提等地区,深为维吾尔人喜爱。每当闲暇或节日,男女老少聚集一处,跳刀郎舞,弹卡隆琴,载歌载舞,其乐融融。距麦盖提县城10多公里的央塔克乡素有"刀郎舞之乡"的美称。

刀郎人对音乐舞蹈的痴迷到了疯狂的程度,无论男女老少,只要听到音乐,人们一传十,十传百,从自家小院,从田间地头,从邻村赶来,正在耕作的农民立即放下农具,路上的行人脱掉外衣扔下裙裤,正在作活的人们放下手中的活计,倾刻间会聚起成百上千人。从百岁老者到三岁孩童,都能上场舞一阵。无论是歌者还是舞者,都是那样执著和忘情。

刀郎舞伴奏音乐,最著名的当属刀郎赛乃姆和刀郎麦西莱甫。演奏者多为长者,平时散布在乡下民间劳作,有了喜事就会凑在一起热闹几天。刀郎舞的伴奏乐器都是乐师手工自制的。卡隆琴是刀郎木卡姆中的主打乐器,是乐队的灵魂,弹奏者左手持木片,右手持铜管,清越的卡隆琴声一起,艾捷克、刀郎热瓦甫和手鼓都仿佛找着了主心骨,纷纷跟着琴声,如轻风曼拂,急雨乱敲,或低缓,或急切。歌手们放开歌喉唱起情歌。

今年2月1日至3日,古老纯正的刀郎舞在北京世纪剧院演出,揭开原生态的神秘面纱,使北京观众享受到新疆原生态的刀郎歌舞带来的震撼,引起轰动。

刀郎乐

刀郎音乐中最具特色的是"刀郎木卡姆",相传是由"维吾尔乐舞之母"之称的阿曼尼沙汗收集整理的。全曲有12套,目前已有3套失传,每套有不同的名称,多用"比亚宛"(意为戈壁草滩)作标题。

关于刀郎木卡姆套曲名称,有一个美丽的传说。很久以前,有一名叫努尔木汗的母亲有三个儿子。每天儿子去不同方向打猎时,母亲在家都非常担心,担心他们打不到猎物,怕儿子们被野兽伤害。她告诉儿子们,打到猎物要高声唱歌,好让她知道他们都平安。大儿子包孜巴亚的声音粗犷深沉,二儿子胡迪巴亚的声音圆润优美,小儿子孜力巴亚的声音温柔婉约,母亲从声音中就可以听出是哪个儿子。后来三个儿子的名字就成了套曲的名字。

每套木卡姆由不同节奏的五个段略构成,段略之间衔接和谐自然,由慢到快,逐渐过渡到高潮。刀郎木卡姆的唱词是由维吾尔民谣组成,反映社会生活的内容;唱词没有完全规范和固定,可根据木卡姆演唱家的情绪、技巧、演唱的气氛环境而改变。

乐队中手鼓率先响起,依盖提巴亚(召集人)高声呐喊,叫人们准备好,羯鼓应和着发出清脆错落的鼓点引出了悠扬舒缓的木卡姆序曲—孜力巴亚宛。一对对舞者相互对转,轻拂曼扭,漫不经心。

第一段曲子叫"奇克特曼",召唤性的乐句提醒人们进入狩猎区,舞者踏着手鼓的节奏结伴起舞,轮换甩动手臂,作出用手拨动草丛,寻找兽迹的动作。第二段曲子"胡迪巴亚宛",乐曲节奏紧迫,急促,明快的小快板,仿佛找到野兽,男性动作刚劲有力,扑跌有致;双手大张大合,前后左右,大步跳跃。女性则沉静举臂,有如手持火把照明。第三段曲子叫"赛那克斯"对舞变成圆阵,男女相向围成大圆圈进行围猎,随即退步矗立,双手拉弓欲射,这是发现猎物并搏斗的舞姿。第四段曲子"包孜巴亚宛"。歌词为"我的马儿在草原吃草,我的情人在凉亭欢笑,我一想起她的时候,灵魂在情火中燃烧"。歌手声嘶力竭,不是用嗓子,而是用心在唱,用生命在呼唤情人,表现了男女共同劳动中亲密无间的关系和深厚默契的情爱。最后一组舞是"赛来玛"。表现胜利的狂欢,乐曲奏出昂扬热烈的喜庆气氛,舞蹈者双人对舞,急速旋转……。

刀郎麦西莱甫是一种舞蹈和娱乐活动形式的名称。有众多人参加,以歌舞为主。分歌舞麦西莱甫、游戏麦西莱甫、说唱麦西莱甫、迎宾麦西莱甫和丰收麦西莱甫。各地都有麦西莱甫,风格大同小异,表现的是狩猎的全过程。表演程式固定:散板高歌,走步对舞,边走边旋,发现猎物,搏斗围歼,猎获目标,班师凯旋……。惟独刀郎麦西莱甫最具特色,狂热、奔放、强烈。抢腰带的游戏是麦西莱甫中不可缺少的节目,有两人参加,一人持腰带设法抽到另一人身上,而另一人在躲避过程中要设法将腰带抢过来,持腰带者有权选择自己的游戏对象。

今年3月26日,由麦盖提县5名老艺人组成的刀郎木卡姆民间班社坐飞机赴巴黎,首次走出国门,参加法国的艺术节演出。还将有可能在春节晚会上亮相。

刀郎画

刀郎画很绝,绝在是有800万人口新疆维吾尔人中惟一的。

在麦盖提你随便走进一个村庄,就会在刀郎人的墙头上看见刀郎画。随意走进一个门,会在人家的客厅、卧室里都能见到刀郎画的痕迹,屋顶是雕梁画栋,墙上是壁挂、地毯;连茶几、床头、壁橱、箱子上都能见到刀郎画。

刀郎画的画匠多是农民,染料大多是自制的,登不了大雅之堂。画画的农民会根据求画人的意思创作,如表达猎获猎物后的欣喜若狂,巴扎上的人群,毛驴、清真寺、沙漠里的植物;白杨林边、胡杨树下，几对老夫妇骑着毛驴，坐着驴车，牵着羊，提着鸡，背着褡裢向巴扎赶去，男人一身褡裢，女人头披纱巾。

立意有了，创作一幅农民画几乎费不了多长时间，他们约半天就能画完，而且人物古朴，意境悠远，色彩夸张，笔墨浓重。画酬也不贵，没钱的请吃顿烤肉拉面，提一篮鸡蛋、苹果或是两个哈密瓜都行，画匠也不计较。

在麦盖提，拥有一幅农民画就弥足珍贵。

刀郎羊

说到刀郎人，就不能不提刀郎羊。

刀郎羊也称大尾羊，是麦盖提商人20世纪初从阿富汗引进的优良种羊与本地的土羊杂交，产下的羊羔异常健壮美丽，经过80多年半舍饲半放牧，去粗取精，提纯复壮，精选繁育而成的优良品种。刀郎羊鼻梁高耸，体型健硕而匀称。

有人说刀郎羊喝的是矿泉水（帕米高原流下的冰川水），吃的是中草药（草滩上的紫草、苜蓿、库鲁木提—高山上的青莲，皆为中药材），拉出的屎都是"六味地黄丸"。虽过誉，但刀郎羊吃碱草、喝碱水，肉质鲜嫩，含有丰富的蛋白质和维生素营养价值高，体格大，繁育率强，毛质细柔，易于加工，耐粗饲，生长发育快是世所公认的特点。刀郎羊是新疆各族人民发展经济，脱贫致富奔小康的首选项目。1986年，自治区把刀郎羊快速供种、经济杂交、商品肉畜和刀郎羊品种的课题列入"星火"扶贫项目。

在麦盖提，人们见面不问你有几间房，几辆车，多少存款，而是问你家有几只纯种刀郎羊，因为一只纯种刀郎羊的售价在10万元到20万元是不稀奇的。难怪有好羊人家，母羊怀羔，就有人花几万元定下羊娃子。麦盖提县有一养羊大户家中的纯种的刀郎羊，有人曾喊出30万元的天价，主人照样不卖。

"刀郎"罗林

人们了解刀郎文化是从歌手"刀郎"开始的。

第一次接触"刀郎"的名字是一个偶然,那是去年在乌鲁木齐市出差,在出租车上听到"2002年的第一场雪"那饱经苍桑,沙哑中带着清亮,富有磁性的声音令人耳目一新,让人心灵受到深深的震撼。问司机是谁唱的,司机说是"刀郎"。人如其名,他的歌声真的就像一把能切、割、削的刀子,顷刻之间便"刻"在我的记忆里,听后有一种"余音绕梁三日"的感觉。

有媒体披露,这刀郎真名罗林,出生于1971年,祖籍四川,毕业于四川音乐学院音乐系,1991年在海南演出时爱上新疆姑娘小梅,几经波折来到新疆,成立西北音乐工作室。在江湖上闯荡十多年,后来随妻子定居在乌鲁木齐,多年来一直浸染于新疆民族音乐之中,也曾和别人合作出过几张唱片,可一直不温不火,直到"2002年第一场雪",刀郎罗林才名声大振。许多想把刀郎招到旗下的唱片商们纷纷继来到乌市,可惜无功而返。刀郎神龙见首不见尾,直到2004年7月1日,在电影《十面埋伏》全球首映庆典上,神秘的刀郎终于露面了。罗林个子不高,圆脸,看上去朴实随和,眼底透出忧郁;身穿休闲服、头戴鸭舌帽,长得很帅。看来还是张艺谋大导演的面子大,让一向神秘低调的刀郎都中了"埋伏"。

但刀郎罗林并非等闲之辈,他马上又回到新疆,在人们的视野中消失了,想要见他,想让他出山的各路人马,几乎都被他的经纪人婉拒了。说是刀郎是个很低调的音乐人,目前创作精力旺盛,不愿将时间浪费在商业演出和接受访问上。他正在潜心制作新专辑《喀什噶尔的胡杨》。不爱抛头露面,这反而引起了媒体的兴趣,关于他的各种消息漫天飞,不过真的和刀郎本人零距离接触的少之又少。

刀郎之争

但凡一个人大红大紫之后,他离各种麻烦往往也就不远了。

2004年元月底,一本叫"谁是刀郎"的书开始在全国各大书店热销,又一个刀郎"西域刀郎"出现了。这西域刀郎又是何方高人?据他的发行商介绍,西域刀郎真名潘晓峰,之前也一直奋斗于音乐圈中,九十年代中期也曾出过一张唱片,但因运作的问题,卖得不怎么好。自从叫了"西域刀郎"之后,他的专辑"2004年寻找玛依拉"销售数量就很快突破了40万张。尽管他一再申明此刀郎非彼刀郎,可还是有人说西域刀郎是搭了刀郎罗林的顺风车,沾了别人的光。

第三个刀郎名叫艾尔肯,维吾尔人,被称为"天山雄鹰",出生在新疆喀什一个名叫杨他卡的村子(媒体称刀郎村),现在北京做职业歌手,艾尔肯说,自己从小在真正的刀郎文化中长大,受刀郎文化的耳濡目染,早在2002年,他就出过一张专辑叫《走出沙漠的刀郎》。作为新生代刀郎音乐的传人,艾尔肯接受了一些现代音乐的元素,包括摇滚、乡村音乐和世界音乐等。特别是大量融入了西班牙的佛拉门戈音乐,再加上他颇具磁性的嗓音,形成了新一代新疆刀郎人的音乐风格。

最近,罗林应新疆刀郎之乡阿瓦提县的邀请,出任该县的文化大使,希望引起更多人对真正刀郎文化的关注。当初罗林起艺名刀郎是想把这种文化中的元素融合进自己的音乐中,没想到却引出"刀郎"之争。

草湖文化风景线

郑掷

草湖有3条河。从昆仑山一泻千里的雪水,在三道桥一分为罕南力克河、岳普湖河、塔孜洪河。这3条河由东向西把农三师四十一团的土地分为大草湖、小草湖、红柳戈壁。经过昆仑雪水的养育,草湖便有了"冰山之父"慕士塔格峰的雄浑,卡拉库力湖的深邃,帕米尔高原的壮阔,盖孜大峡谷的蜿蜒。

深厚的文化积淀

军垦第一犁的序幕是在"马家花园"的废墟上拉开的。

明末清初,喀什提督马福兴选中疏勒县南15公里的罕南力克河畔的膏腴之地修建"马家花园",派遣工兵营,征维吾尔族民工1万多人,历时3年,建成占地1平方公里的豪华别墅,让4位夫人之一的河南夫人居住。马福兴荒淫成性,霸占了一名鞋匠年轻貌美的妻子。鞋匠一怒之下趁夜放火,大火烧了3天3夜,院内兵工厂、马厩、作坊等房屋被焚,"马家花园"成为一片废墟。

1949年冬,由王震将军率领的西北野战军二军抵达喀什。1950年1月,二军军长郭鹏、政委王恩茂、政治部主任左齐等人骑马踏勘了马家花园地区。郭鹏军长仔细观察了这片土地,下令"我们的农场就建在这里。"王恩茂政委说:"马家花园已成为历史,我们将在这里建设一个更加美丽的新花园。"由于这里水多草多,便将马家花园地区正式定名为"草湖"。

当年的4月1日,二军教导团1680名指战员徒步跨涉进驻草湖。4月2日早晨,一轮红日从东方冉冉升起,在草湖这块荒原上,年轻的解放军战士拉着古老的木犁,拉开了"军垦第一犁"的序幕,把希望和种子一起播进了这片土地。二军随军摄影员袁国祥用一架普通相机记录下这庄严的瞬间。几十年后,人们依据那张照片,在绿洲新城石河子树起了一尊雕像,"军垦第一犁"的辉煌业绩永载史册。

1951年2月20日,二军政治部联络部1226名官兵进驻马家花园外围地区阿尔肖、色里木、托可其等地边整训,边开荒生产。

1952年3月,草湖正式成立南疆军区军直农场,后改为四十一团。屯垦初期,王震、郭鹏、王恩茂等老一辈革命家曾在这里拓荒种田;诗人艾青、郭小川、袁鹰、贺敬之、柯岩曾在这里深入生活,写下脍炙人口的诗篇。电影《军垦战歌》中一组果园丰收的镜头就取自草湖。

上世纪五六十年代,大批来自五湖四海的山东、湖南、上海、浙江、北京、河南等转业战士、支边青年,在这里留下了可歌可泣的辉煌业绩,他们带来了长江、黄河文化的精华。建团初期,草湖有职工业余文艺演出队10多个,业余演员近百人。中国南北文化的交融,是草湖文化的底蕴。

火热的文化广场

一方水土养一方人。

改革开放使草湖充满生机,新时代为草湖展示了美好的前景。在四十一团活跃着一支由60多位老干部组成的文艺演出队,他们自发地组织起自编自演文艺节目；他们穿着大红上衣，舞着杏黄的扇子，像火焰一样，照亮了观众的眼睛。当年，他们用花样年华把沙漠打扮成绿洲，如今他们要用夕阳的余热为团场文明再添风流。他们用嘹亮的歌声和优美欢快的舞姿，尽情表达他们对草湖这块沃土深深的爱恋。他们活跃在职工群众中，演员队伍不断扩大。

在此基础上，团党委积极引导、充分利用群众文化这块阵地，宣传党的方针政策，展示团场改革开放的新成果，讴歌先进人物的新风尚，体现党是先进文化的忠实实践者，推进兵团特色的军垦文化，满足人民群众日益增长的精神文化需求，推进社会的全面进步。

团党委在抓好经济建设的同时，努力抓好文化建设。四十一团党委把群众文化建设列为精神文明建设"六大工程"（即文明工程、党建工程、文化工程、形象工程、富民工程、连心工程）之一，成立了团场文化建设领导小组。团主要领导任组长，组织科、宣传科、工会、纪委、共青团、老龄委、派出所、行办、综合办等部门积极参与、引导、组织开展群众文化活动。团党委专门提供了场地，开辟了"四十一团群众文化音乐广场"。每晚21时至24时，忙碌了一天的职工群众走出农家小院，纷纷涌向群众文化广场，欣赏自编自演的文艺节目，高兴时，还会情不自禁地上台高歌一曲，展示个人才华。每逢节假日，团里都要举办大型的文化活动，如"草湖之声"卡拉OK大奖赛、庆"八一"慰问军烈属文艺晚会、国庆节兵地共建联谊会、"草湖金秋"文艺联欢晚会、春节迎新春文艺联欢晚会、"双先"会群英联欢晚会、元宵节社火等，吸引了全团广大干部职工观看，观众达1万多人次。

群众文化来自于群众。以60多位离退休老同志为骨干，带动中青年人自娱自乐，他们自编自演了许多热爱党、热爱祖国、热爱团场的异彩纷呈的文艺节目：有职工业余歌手演唱、民族舞蹈、相声小品、诗歌朗诵；有激情火热的大秧歌、扇子舞、筷子舞、太极拳、太极剑；还有许多河南新职工表演的豫剧。《十唱四十一团好》生动地反映出新生活给新职工带来的喜悦,这发自内心的欢歌笑语,无不体现出新职工对草湖的热爱和依恋。这些"歌身边人唱身边事"的优秀节目,以形式多样、健康向上、风格清新和真挚情感打动了人们,赢得了职工群众强烈的共鸣。

　　每次大型活动,团党委一班人都积极参加并讲话,还邀请了师领导、师有关部门和地方县、乡领导参加联欢活动。文化搭台、经济唱戏,兵地共商发展融合经济大计。为确保演出质量,团里还请师文工团领导和舞、音响、灯光师到团指导排练文艺节目。丰富多彩的文化活动,营造出独具草湖军垦特色的文化氛围,使四十一团精神风貌焕然一新。广大群众在文化活动中既陶冶了情操,又增长了文化知识,提高了文化素质。

缤纷的文化色彩

　　铿锵的锣鼓敲起来,七彩的绸缎舞起来,悠扬的乐曲响起来,缤纷的彩灯彩旗挂起来,火热的大秧歌扭起来,嘹亮的歌儿唱起来……

　　四十一团党委把消除文化贫困、提高全民素质、改善生活质量当做孜孜以求的目标,积极探索新时期、新形势下思想政治工作的针对性和有效性。该团以创建文明单位、小康示范连队及小康示范户为载体,把《公民道德实施纲要》和《连规民约》作为重点,利用文化这块阵地,通过丰富多彩的文化活动寓教于乐,提高职工的文明程度。四十一团党委举办了"党在我心中"演讲比赛、庆"七一"黑板报比赛;还参加了师"叶河之声"卡拉OK演唱会、老年门球比赛和中老年健身操大赛等活动,取得了较好的名次。

　　该团由简单的说教到开展寓教于乐的活动,由点及面,从团部群众文化音乐广场辐射连队,在群众文化音乐广场的带动下,各基层单位也纷纷开展形式多样的文化活动。八连、十连、园林公司、林畜站、学校、医院、商贸公司、加工帮、电站、水管站、修安公司、幼儿园等单位独立或牵头分别组织了文艺晚会。去冬今春,八连职工开展了篮球、乒乓球、羽毛球、象棋、跳棋、拔河比赛、男女老少长跑赛等群众文体活动,开展了学科技、学法律、有奖知识竞赛。职工群众既学习了文化知识,又锻炼了身体;既花钱少,又开展丰富多彩的文体活动;体现了群众性,体现了一个单位奋发向上、团结奋斗的良好的精神面貌。今年,四十一团开展了向五十周年献礼活动,必将掀起草湖文化建设的新高潮。

草湖的春色染绿了万古荒原,草湖的金秋染红了人们的笑脸。这是来自五湖四海的交响乐,这是中华民族五千年文明史上黄河文化和长江文化直至西部军垦文化的大汇聚!

家乡的味道

张文彪

沿着记忆的长廊,我寻找着家乡的味道。

小时候,家乡的味道是偷偷摸摸拿了家里的旧鞋子、废铁皮,跑到老货郎那里:"添一点""再添一点"换过来的棒棒糖。坐在角落里,慢慢地一小口一小口地抿,还没到秋天就挖出来的红薯,鸡蛋般大小,放在灶膛里面烤一烤,剥开黑乎乎的皮,又软又腻,真香!是趁着大人睡午觉时坐着家里洗澡用的大木盆,冒着"被水鬼拖走"的危险摘菱角儿,清甜清甜的,真嫩!是竹竿顶上绑一个铁丝圈,粘满蛛网,到小树林里去粘知了,放到火堆上烤熟了,喷香喷香的,真脆!

小时候家乡的味道,还是放了学不回家,躺在田埂上细细闻到的青草味;是在大人的斥骂声中在麦秸上翻滚时间闻到的味道,强烈的泥土气息混合着汗水味,还带着一点点清香;是眼巴巴地看着小伙伴吃津津有味的5分钱一根的豆沙冰棍的冰甜味;也是慷慨地分给小伙伴后又很心疼的炒黄豆的香辣味儿……

那些日子,简单中透着斑斓,似一杯酽茶,浓香四溢。

95

随着年龄的增长,家乡的味道,是考试考砸了父母还没开口就掉下来的泪珠儿,咸咸的;是父母不在家时邻居大娘端来来的放着咸菜的大米粥,咸味儿里满口清香;是农忙时村民们如雨般挥洒的汗珠儿,带着一丝丝的土腥味;是乡邻们冬日围坐摆龙门阵沏的红茶,酽酽的;是夹着嚓嚓的脚步声与悠长的吆喝的清晨的味道,一丝丝凉凉的,沁人心脾;是在落日的余晖里飘散的袅袅炊烟,有味,却似无味。

那些日子,去淡风轻,似一杯清茶,余香缭绕。

走过那段"为赋新词强说愁"的日子,独自离家在外,当对着电话一遍一遍说着"我很好,你们放心好了"时,往往是想家的感觉正如春雨后的蔓草一般疯长时,而家乡的味道,则是一枚青果,酸酸的,涩涩的,还夹着两行清泪的咸味。再下来,家乡的味道似乎淡了,只偶尔想起,临行前母亲翻箱倒柜时沉香味和父亲沉默时一口一口吐出的烟味儿。

那些日子,似一杯清水,真水无香。

年轻的时候,我把这些味儿细细珍藏,让时间去慢慢沉淀。等到年老的时候,坐着摇椅,在夕阳的角落里,打开,一任它在微风里慢慢儿地飘呵,飘……

心中的艾特来斯

张瑛

最早知道艾特来斯是上小学二年级。暑假期间老师为我准备的独唱演出服就是一条用艾特来斯绸缝制的长裙。裙上艳丽花条若一道道彩虹，宽大的下摆镶有褶皱均匀的本色花边，略带时装化的设计在当时的舞台上也并不多见。当时只有8岁的我穿着那条艾特来斯裙在台上为几千人演唱，心中有种说不出的新奇和得意，歌声也比以往嘹亮了许多。每当演出完毕，总有许多人围着我问这问那。当问到这条裙子，我总是很自豪地告诉他们：这叫艾特来斯。

织那么漂亮的绸布在当时的我看来越位是一件非常难以想象的事情。尤其是同一演出队的一位维吾尔族姑娘告诉我：她妈妈就织艾特来斯，用木头织。在很长一段时间里我没能弄清楚稍懂汉语的她说的"用木头织"的具体含义。当我决定让她带我去她妈妈厂里看看时，老师说：她转学去和田了，我的问题被老师干脆地打了一个句号。

时光流逝了二十多年后，一个偶然的机会，让我见识了艾特来斯绸的织造过程：在一个旅游景点旁，琳琅店铺边的一间屋里，坐在简单的长形木架边的一个维吾尔族妇女子的背影吸引了我的视线。她穿件艾特来斯连衣长裙,浅红为主的暖调颜色夹杂白紫色块,随意而规则地勾勒出线型图案,有些抽象,又极富层次。在她身后,敞开的麻袋里盛放着雪白的蚕茧。她摇动着像个横放在木框中镂空腰鼓状的纺车,纺车发出轻微的声响,一缕缕细丝被缠绕成一把把整齐的丝束,闪动着浅浅的银色光泽。我心头一阵惊喜:"她是不是在织艾特来斯绸?"

我用微笑和点头向那女子打招呼,她起身把我让进屋。如我所料,这儿果真是艾特来斯绸的织造作坊!儿时的遗留问题,终于有了解答的机缘。

作坊两面墙上挂满了精美的艾特来斯绸。纺车边是一部长形木架子织机,织机上茶碗口粗的原木横竖交错,搭构出织机的主要杠架,看上去像孩子的积木战车。明显一的斧斫痕迹,昭示着装有条形踏板,在另一头略高处挂着或黄或绿的沙枣形丝团。经线平整柔韧地铺抻架上,尾部插几根细木条,用于调整松紧高低。应邀给我演示艾特来丝绸的纺织过程,她坐在与织机相接的一截木板上,用双脚轮换踏起织机下的板块。牵着丝线的光滑无比的牛角梭,在她两只手的传递下,如仙女的纺锤,神奇而准确地穿过细细密密的丝。织机发出"哗嚓、哗嚓"的声音,形成了耐人寻味的节奏,完全没有现代大机器刺耳的噪音。女织工姿态宁静,从容忘我,以独有的自信统领整个操作流程。一种奇异、简洁、华丽的图形慢慢凸现、清晰。我相信,熟能生巧的古训和哲学家量变质量原理在这里都获得了完美注释——淬过时间之火的大路手艺最终上升为特殊技巧,一如土坯与陶。

在我的好奇追问下,女子通过翻译告诉我,独特方式的扎染经纱工序已由其师傅完成,她本人只负责织。她还说,艾特来斯绸有多种染料,都是纯天然的。她转身指着案上的几个小布袋说:"这叫'吐乎买克',是一种树的花籽,这种树现在很少,人工种植长大要十几年;那是'噢尔丹'(草根)、'羊阿克波斯提'(核桃青皮)。"没有更深刻的讲述，与自然保持和谐、对自然的依恋已成为生活的本来——这种状态，对于企图返朴归真的我们，简直就是一部畅想曲。

　　通过她的详细介绍，我进一步知道：艾特来斯绸是维吾尔族妇女最为喜欢的衣料之一。其生产工艺是西域丝绸生产工艺之活化石。有上千年历史。扎经染色、上机纺织最能反映其古老的制作传统。它采用上等蚕丝、用天然颜料染织而成，花色风格或黑白互映，质朴奔放；或色彩纷呈，绚烂夺目。

　　望着墙上悬挂的艾特来斯绸，这自然与智慧的奇妙结合，令我不由思绪飞扬，想极力寻找出它们的全部含义。我看到豪放粗狂的个性携杏黄桃红、草绿湖蓝的浪漫深沉滔滔而来，如尼雅河悠长的回忆和叶尔羌河流泻的梦幻；我看到一种文化侵染古老、神秘、沧海、桑田的气韵穿越时空，而艾特来斯迢迢千年所描述的远不止这些！

　　时至今日，我的心似乎一直被那些绚丽的彩色条纹包裹着。我想，艾特来斯绸之所以历尽岁月淘洗而不褪色，正是因为它于传统和现代、继承和发展中体现着一辈辈人对美的执着追求，而无论何时，爱美的心情是不分民族也没有国界的。

博塔依拉克的欢乐

郭再鹏

雪,纷纷扬扬地装点着博塔依拉克镇。

今年年关来得早,雪也来得早。元月二十一日一大早,我冒雪来到镇上。啊,大街上早已是熙熙攘攘,来来往往的机动车、毛驴车、自行车载满了五颜六色的年货,人人脸上都洋溢着丰收和节日的喜悦。

在鱼摊前,我向一个手里提着四条尺把长鲤鱼的妇女招呼道:"买这么多鱼呀!""咳,我那口子,早就嚷着吃鱼了。如今,年景好心情舒畅,买多点,让他吃个够。"她乐呵呵地说。

站在一旁的商场郭经理急忙接话说:"今年春节大家像疯了似的购买年货,农贸市场天天人客暴满。今天,外地拉来两车鲜鱼,八块钱一公斤,也一抢而光。综合商店元月以来已卖出二十台彩电,食品柜台最高一天营业额竟达19000元。这可是往年没有的。"

听了这话,看看繁忙的人流,心里似有一把火在燃烧。

小镇邮电所,又是另一番景象。一大群操着南腔北调的"打工仔",前拥后挤地走进邮电所。"慢点,别把门挤破了。"负责人陆惠珠提出了"抗议"。

"陆所长,你放心,门槛挤破了,再给你修新的。""我的腰包包里装的鼓鼓的,正愁没地方花哩。"哈哈……诙谐的对话,把在场的人逗得哄堂大笑。

我挤上前去,与一位正低头填写电汇单、两年前来团里打工的河南老乡搭上了腔:"老乡,去年挣了多少?""不多,一家四口,除了吃喝和两个娃娃上学的费用,净落二千三。这不,年关到了,寄个零头给老母亲报平安。"说到痛快处,他吐沫星子乱飞:"其实,我这点钱在我们四连属于'下中农',前年从四川来包地的李发章,去年棉花单产居全连第一,兑现八千多元……"

"他们乐了,我们也高兴。"陆惠珠告诉我:"最近,外来民工寄钱的人特别多,昨天就汇出去了四万多元。四名营业员加班加点都忙不过来。"

是啊,四十五团去年生产全面丰收,劳均收入3750元,兑现总额达627万元,比1991年多200多万元,职工们口袋里有了钱,怎么能不乐呢?

我信步走出邮局,这时,雪花还在纷纷扬扬地飘着。张嘴舔一下飘落的雪花:啊!真甜!

小石养生

周岁旺

现在的人生活质量是越来越高了,追求吃好、穿好以外,心灵也不甘于平庸、平淡,不断在生活中寻找着美。

3年前的一个夏天,与几个老乡去玉龙喀什河拣石头玩,我拣到了块小石头。石头上的图案是一个在中学课本里有的古代陶罐,更奇怪的是还有一个图案,形如月牙,又像一艘船,整个图案拙朴、厚重、大气。久久凝视,会让人生出无尽的遐想——这是一艘古船吗?它斑斑驳驳,是不是经历了不少风雨,从那遥远的洪荒年代的惊涛骇浪中来?它托起的这陶罐象征着什么?整个意境神秘深邃,无法穷究,我的一位朋友为它取名"诺亚方舟"。

我的这块石头在朋友圈子引来了不少赞叹,他们都说我与石有缘。从此,我与石头结下了不解之缘,成了和田的石头巴扎的常客。一有机会就到石头巴扎遛一遛,在那满堆满堆的石头中期待自己的发现。

石头巴扎是一个鉴定人性美丑的地方。有的人纯为发财而来,那急切搜寻的眼神充满贪婪。有的人是为寻美而来,神情从容,浑身透出美玉熏陶出来的温润圣洁之光。如我辈中人,主要为怡情,只要看中的,在物价上并不和老乡多费口舌。有时候,在别人眼里一块普通的石头,通过你的审视却会显示出非凡的美来。我至今还记得我从老乡处买"关云长"石的情景:我当时拿起那块石头一看,几笔素描般的线条中活画出关羽头戴软巾,身披绿袍,左手拂髯,右手持刀的形象,让人感到威风凛凛的气势。那老乡虽粗懂汉语,却绝对不了解历史上的三国典故,也难怪他发现不了这块石头的美了。

近些年来的夏天休息日,我常常背上一个黄挎包,穿上球鞋,到河坝上去拣石头,有时一整天也拣不到一块石头,但在那永不歇息的河水旁,在阳光下的河床边一块一块石头地翻找,那也有一种乐趣。

给石头起一个满意的名字,是我最惬意的事。为此,除遍翻唐诗宋词,我还读了许多古典文学书籍。

小小的石头,带给我良友多矣!通过石头,我走上了一条心灵不断自我完善的永恒之路。寻求奇石,欣赏奇石,可以增长见识、以石会友,更重要的是陶冶情操,感悟人生。

帕米尔日历

刘汉春　张成伟

　　守望帕米尔高原的日子里，我的心虔诚地唱着欢悦的歌。但帕米尔高原总有无名的寂寞在心中沉淀。一是，我开始向孤独的高原寻找语言，用信念与真情营造自己精神的圣殿。

　　春天与梦徜徉帕米尔迟到的几丝春风，扯着几丝绿意和草味迟迟而至。我的深埋的心，我的感动的思绪，我的多彩的梦，顿时都绿了。通往哨楼的路上到处驻留恬淡的芳香。把青春装订成永恒，即使拍打着高原肆虐的风。高原的记忆，是一张永远抹不掉的CD。有风声也有歌声，苦涩着的恰恰是甜蜜的。夏夜听雨吟唱帕米尔少雨的夏夜，雨自然是高原兵心中的演唱会，雨抹出哨楼的绿。倾听着雨声，嘀嘀嗒嗒，不亚于浪漫的夏威夷听海，高原兵的心浸泡在青稞酒浓烈的醇香里，淋着细雨走进多情的梦里。把生命掩埋在雨水中，把我的脉脉纯情淹没在轰轰雷声里。雨夜，淹没世界，我静待着一片晴朗的天。一轮在心中升起的如国旗颜色般鲜红的太阳，挂在哨兵锃亮的枪管上。深秋阅读远山帕米尔的秋总是冒冒失失地来。秋风摇曳着孤草，愁黄了相思，只有哨楼与远山没有衰老。

我仍伫立在哨楼,握枪的姿势就是雕像。蓝天,悠悠地展示它的内涵,我已读懂那都是与奉献有关的哲理。雁飞成"人"字,我却静立在哨楼成"山"字。警徽的光焰,可以让整个雪野都沸腾。我用胸怀温暖着钢枪,与钢枪相拥是高原最美的浪漫。雪狂舞在哨楼,熔铸帕米尔坚实的脚印,是对高原热血男儿的注解。

独具风情的维吾尔族小花帽

姜爱明

作为丝路明珠的喀什，有着悠久的历史和文化底蕴，有着迷人的香妃传说和班超固守边疆的壮举，以及浓浓的民俗风情。有着悠久历史的维吾尔族小花帽也同样让人喜爱和青睐。小花帽手工量大，只有耐心、细致、认真的人，才能做出真正漂亮的、独特的小花帽。

小花帽又叫"多帕"，是维吾尔族民间日常戴用及作为装饰的工艺品。它运用绘画、刺绣、临摹等各种手法和艺术形式表现了喀什维吾尔族人民对美好生活的向往和追求。

喀什维吾尔族小花帽有两个特点：

一是图案精美，花纹繁多，色彩绚丽，图案均以新疆花卉、果实等自然形象为素材，组合成各种几何图形，然后点缀多种装饰品；外观紧凑协调，生动逼真。小花帽花纹样式众多，有散花纹样、单独纹样、组合纹样、巴旦木纹样、十字对称纹样等多种。妇女头上的花帽大多点缀了宝石、玛瑙、翡翠、珊瑚、琥珀、精玉等。

二是做工精致，其绣法有平绣、结绣、格子架绣、十字花绣、穿珠片绣、扎绒刺绣、钩花刺绣、刺、扎、穿、盘综合刺绣，以及挑花搅结等。不论何种绣法，均能使图案纹样与缀结富有立体感。其制用是先绣好各处分瓣，再以顶为中心缝合，放帽模上使之成型，最后包布边而成。

小花帽用料非常讲究，高档者用高级绸缎及绒料，并点缀珍珠、宝石等珍贵品。中档者采用一般绸缎与装饰品。普通者采用棉料。

喀什维吾尔族小花帽的款式品种繁多。有巴旦木花帽、塔什干花帽、格来木花帽、奇曼花帽、曼波尔花帽、玛力江花帽、金片花帽、金银织锦花帽等近20种。

喀什花帽最富盛名者当推白花黑底、顶大口小、标棱角突出的巴旦木花帽。其图案由4个巴旦木纹样构成，线条丰富多样，造型古朴大方，花色庄重素雅，做工精致，在阳光下熠熠闪光。

在喀什市高台民居，记者来到了绣小花帽世家——努尔古丽的家，努尔古丽的母亲告诉记者：小花帽一般都是姑娘、小伙子戴得比较多。既好看，又漂亮。小花帽是传统的、精致的艺术品，尤其是恋爱中的姑娘，为了表达真挚感情，她会亲自做一顶小花帽，送给她的心上人。你看，随着喀什的经济不断发展，对外宣传的力度不断增强，独树一帜的维吾尔族小花帽受到世人喜爱，在7月15日南疆旅游节开幕这天，来喀什旅游的人络绎不绝，来我家参观的客人也很多，我家的小花帽被抢购一空。

飘动的艾得莱斯绸

姜爱明

喀什是一座悠久的历史文化名城，独具特色的民俗风情吸引着南来北往的游客。这不，在中西亚国际市场上，飘动的艾得莱斯绸像一道亮丽的风景线，紧紧地吸引着旅游者的目光。

艾得莱斯绸是喀什极富民族特色的产品，质地柔软、轻盈飘逸、流畅粗犷、色彩缤纷，是维吾尔族妇女最喜欢的制作丝巾、手帕、衣裙的绸料。

艾得莱斯绸按色彩分为黑、红、黄、绿等四大类型，这几种色彩又恰到好处搭配其它颜色，以凸现图案、纹格，使其艳丽中不失端庄，飘逸中不失稳定。这种丝绸色泽十分艳丽，与沙漠边缘单调的环境形成了强烈对比，表现了维吾尔族人对美好生活的热爱和追求。

艾得莱斯绸即扎染绸之意。这种丝绸采用我国古老的扎丝色法工艺。传统的艾得莱斯绸是手工操作织造的，织绸机有一人多高，操作织机时，操作人员手脚并用，图案通过扎染织就而成，有技艺的工匠，根据图案的需要将丝线用玉米皮扎起来，浸到矿物和植物的染料液中着色，然后制作者手拿织梭在织机上飞快行走。图案多采用常见的巴旦木花、木板纹花和梳子花为主,经过艺术的加工可以达到一种色彩缤纷的效果。如彩云飘飘,奇妙浪漫,具有浓郁的民族特色。艾得莱斯绸因产地不同而分为两种类型:和田、洛浦的艾得莱斯绸讲究的是黑、白效果,空间虚实布局得体,图案形象粗犷奔放、简洁而不单调,富有变化。喀什、莎车的艾得莱斯绸以色彩鲜艳著称,绸面上平行排列着几条宽窄不等的条花图案,其纹样结构细密而严谨,常用翠绿、宝蓝、桃红等颜色。

艾得莱斯绸织造主要在民间,特别是在喀什的乡间,几乎家家都有织机,许多家庭在男婚女嫁时,都要打听对方会不会织艾得莱斯绸,会织艾得莱斯绸的女方聘礼也会丰富许多。阿曼姑·哈里旦说,我们非常喜欢艾得莱斯绸做的衣裙,每逢假日或喜庆佳节,街上、乡村、山野随处都可以见到许多维吾尔尔族人穿着不同花色的艾得莱斯绸缝制的花裙,真是彩云飘飞、色泽明丽、浓艳华丽,穿上一件这样的衣裙会让你有一份美丽的好心情。

维吾尔族小摇篮

姜爱明

　　走在喀什高台民居的小巷里，穿梭在人群中，维吾尔族的小花帽、手鼓、土陶以及冬不拉等手工艺品，会时时吸引你的目光，其中维吾尔族小摇篮更像一道美丽的风景，让旅游者的脚步为之驻足停留。

　　维吾尔语称摇篮为"毕须克"，可以用一般的木料制成，也可以用钢筋和木料合制而成，外观色彩艳丽，美观大方，经济实用，是维吾尔族传统的小孩生活用品之一，它具有以下特点：一是实用性强。维吾尔族小孩出生以后，躺在摇篮里，孩子的手、脚全部伸直，然后用两米长的布把孩子与摇篮紧紧地绕几圈，用布把孩子绕紧，对孩子的手脚有好处，长大以后，凡是睡过小摇篮的孩子，胳膊和腿都很直。另外手把上面挂上孩子喜欢的玩具，让孩子可以辨别很多颜色，对视力有一定的好处。二是安全性好。小摇篮冬暖夏凉，冬天的时候孩子冻不着，父母可以安心休息，不用担心孩子会蹬被子，会从床上掉下来，夏天的时候，孩子睡在小摇篮里，盖上薄薄的丝巾，可以预防蚊虫叮咬，安静、方便，孩子很快就可以进入梦乡。小摇篮最大的好处就是可以为孩子的父母节省许多时间,把孩子喂好哄睡之后,父母可以去做别的事情,不用一直守在旁边。小摇篮上还专门设计了一个洞而且男女使用各不一样,当孩子想大小便时,躺在小摇篮里就可以解决了,非常方便。

阿依仙姑丽的母亲帕依汗大娘说:"我们的风俗习惯还要给孩子行摇篮礼。"

维吾尔族摇篮礼为"毕须克手托依",相当于汉族给孩子过满月,但维吾尔族是在婴儿满40天时举行。婴儿出生后,满月(40天)前大多是在母亲身边喂养,满月后就要放入摇床喂养至三岁,也可说维吾尔族人的摇床对婴儿来说是仅次于母亲的第二个怀抱。举行摇篮礼,不仅表示婴儿在人生道路上迈开了第二步,同时也祝贺产妇康复。婴儿满40天时,邀请亲戚朋友邻居和小孩来。首先准备一盆温水(这盆水称"满月洗礼水")、四十个小木勺、四十个"托喀其"(小油馕)和一些"阿勒瓦"(一种用糖、羊油面做的甜面浆)。参加仪式的小孩来齐后,让他们排成一行,每人发一个木勺。然后将婴儿的衣服脱掉放在水里,让小孩依次从盆里舀一勺水浇到婴儿的身上,并叫着婴儿的名字说一句祝福的话。诸如"你快快长大,做一个忠厚老实的人"、"做一个有学问的人"、"做勇敢的人"、"听父母的话,要懂礼貌"等等。给每个小孩发一块抹上"阿勒瓦"的油馕和一些糖果。小孩拿着这些东西后,就会高高兴兴地回家了。这一天还要请一位忠厚老实的剃头匠给婴儿剃去胎毛,然后就给婴儿穿上漂亮的衣服放入摇床中。

帕依汗大娘说:"我们家的四个孩子都是在摇篮中长大的,那时候我们的工作比较忙,没有时间照顾他们,小摇篮为孩子的成长带来了许多的方便。"

独具风情的维吾尔族婚礼

姜爱明

当你漫步在喀什大街上，一列迎亲车队疾驰而过，车上挤满了维吾尔族青年，他们敲着鼓，弹着冬不拉，一路上欢歌笑语。这时，有人会告诉你，他们是去参加一对青年人的婚礼。

玉素甫江和阿依姑丽告诉笔者，维吾尔族人的婚礼，既隆重又热闹，充满了欢乐的气氛。由于维吾尔族信仰伊斯兰教，婚礼按照传统习惯分为两天举行。婚礼的第一天，在女方家举行。大清早，新娘由伴郎以及亲朋好友陪同亲自到女方家去迎亲。到了女方家，男女客人分两边站定，由阿訇和伊玛木（宗教职业者）主持婚礼，并念诵《古兰经》，为新人祝福，勉励他们互敬互爱，尊老爱幼。同时阿訇拿出两块蘸着盐水的烤馕，给新娘新郎每人一块，让他们当众吃下，这种馕虽然咸得发苦，但它象征着新婚夫妇愿意同甘共苦，白头偕老。在场的亲朋好友都向新郎新娘祝贺，并跳起欢乐的舞蹈。舞毕，宾主入座就餐。中午，男方家的人全部回去，只留女方家的亲朋好友一起唱歌、跳舞，气氛非常活跃。傍晚时，新郎要打扮得英俊潇洒，新娘也要打扮得如花似玉，头蒙面纱在家等候迎亲队伍的到来。新郎由亲友们簇拥着向新娘家进发,路途近的可步行,路途远的可乘车或骑马。一路上,新郎同迎亲的小伙子打起手鼓,弹起"热瓦甫",吹吹打打,高唱欢乐歌曲,兴高采烈地来到新娘家,当新娘的女友们得知迎亲的队伍到来时,立即把大门堵上,索要礼品才允许迎亲的人进门。新郎和迎亲的人进屋后,新娘早已蒙着面纱等候在那里,这时新娘的女友要招待迎亲来的宾客,并要给每位宾客赠送手帕等礼物。

当新娘离家出门时,要和家人分别,并流下喜悦激动的泪水。这时女方的歌手模仿新娘母亲的口气唱起告别歌,歌词大意是请多关照我的女儿,愿青年夫妻和睦相处等。唱完歌之后,同新郎来迎亲的小伙子们奏起各种民族乐器,唱着喜歌走在前后,新郎和新娘分乘彩车跟随在后。

迎亲的队伍来到男方家之后,门口早已点燃一堆火,这火是用来避邪的。客人们分别勾起一点火,在新娘头上绕三圈,新娘向客人们分送礼品,然后绕火堆转一圈,才可登堂入室进入洞房。

第二天是婚礼的高潮,在男方家举行揭盖头仪式。这一天同样是在欢宴中度过的。女方家的亲戚到男方家去,男方家要热情款待,喜筵开始时,男女双方的至爱亲朋必须用水壶洗手,然后依次围坐在地毯或毛毡子上。在客人面前,洁白的布单上摆满了喜糖、葡萄干、杏子、大枣、花生和糕点等,主人用具有民族特色的烤馕、抓饭和羊肉招待客人。宾客们边吃边谈,异常兴奋,小伙子们更是情不自禁地弹起"都塔尔"引吭高歌,跳起欢乐的维吾尔族舞蹈。饭后,年长的客人们都告别离去,只有青年男女们留下,等待为新娘揭盖头。

揭盖头时,男女双方的主要客人必须在场。女方客人在左,男方客人在右,同作"都瓦"(祈祷),这时男方有一客人(一般是妙龄少女),突然从人群中跑出来,轻巧敏捷地将新娘头上的面纱揭去,新娘的真容显露,整个新房便欢腾起来。这时欢乐的歌舞开始了,一对对青年男女,在手鼓和热瓦甫的伴奏下,踩着鼓点,合着乐曲,跳起传统的刀郎舞,新郎新娘在大家的邀请下,步入会场,轻举舞步,巧转腰肢。所有在场的人也都纷纷参加,一直欢歌漫舞到深夜,方才尽兴而归,为期两天的婚礼便宣告结束。

玉素甫江和阿依姑丽说,维吾尔族婚礼充满了浓浓的浪漫情怀,只要参加过喀什维吾尔族婚礼的人,都会留下美好的回忆。

我的记者经历

姜爱明

在我的眼中,记者是最风光的,可以去很多地方,接触许多新鲜事物。你看,出现在会议、歌舞晚会上的记者多抢眼,多让人羡慕。从小就喜欢文学的我,终于有了在喀什日报社实习记者业务的机会,至此,才使我真正看到记者"无冕之王"光环的背后,付出的却是更多的艰辛和努力。

今年7月的一天,报社接到读者电话说一些物业公司高价收取水费、电费。对关系到老百姓切身利益的热点、焦点问题,报社一直很重视,便派我去调查,写篇报道。我准备采访新时代小区业主秦女士。可秦女士干脆地拒绝了我的采访,门"砰"的一声就关上了,当时我心里凉了半截。顶着烈日,汗流浃背地大老远跑来,却吃了闭门羹,心里的火真是没法说。随后几天,我不断地往返新时代小区和物业公司,听他们各抒己见。到底物业公司收费是否合理? 我来到了地区物价局,物价局迅速召集疆南电力公司、喀什市物业公司、自来水公司及新时代小区部分业主就有关水费、电费问题开了一个现场会,达成了一致的协议。我的《物业部门把上帝告上法庭》的稿子登了报。为了完成这次采访任务,我先后去了5家单位,跑了5趟新时代小区,走访了十几位当事人。事后,新时代小区业主委员会的杨主任感慨地说:记者真了不起,正是有了媒体的关注,才使百姓的合法权益得到了保护。

我写的《修表人——老鸥》这篇人物通讯见报后,接到了许多读者的电话。有位读者告诉我,是我的这篇文章让他认识了老鸥,他家有块老牌名表送到很多地方修过,不是零件被偷换,就是无法修理,自从老鸥师傅修理后,走得很准点。

记者这个职业是使命,更是责任,既要不甘寂寞,又要耐得住寂寞。要沉下心去学习、钻研,去思考、领悟。记者的工作正如冰心老人所说的那样:"成功的花儿,人们只惊慕它现实的明艳,然而它当初的芽儿,渗透了奋斗的泪水,洒遍了牺牲的血雨。"

青春在高原闪光

陈晓英

在祖国西部边陲帕米尔高原上,有这样一群年轻人:他们中有子承父业的农场子弟,也有从繁华都市来到这里的莘莘学子,从他们黝黑的面庞、朴实无华的言语中,透露出平凡和可亲,他们就是工作在农三师叶城二牧场的大中专毕业生们。

为了母亲的嘱托

这些远离家乡、远离父母的年轻人对于家的深深思念只有来到他们中间你才能感受得到。当我们不经意地提到家这个字时,身材瘦小的姜纯禁不住地泪水夺眶而出,她怎么也忘不了1998年在长沙和母亲别离时的情景。体弱多病的母亲含着热泪,紧紧拉着她的手嘱咐:"孩子,到了新疆,好好工作,只要你有出息,生活得幸福,我就放心了。"

叶城二牧场平均海拔在2800—3000米以上,距喀什市300多公里,信息闭塞,交通不便,尤其是恶劣的气候和生活习惯的不适,一同来的伙伴相继走了,姜纯曾经动摇过、徘徊过。但当她看到许多长年奋斗在这的老职工献了青春献子孙,又有和自己一样的年轻人始终工作在这里,姜纯犹豫了,年轻人到哪不都是求生存、求发展吗？况且叶城二牧场更需要人才，什么事情只要有人去做，就能干好。姜纯和男友坚持了下来。

姜纯是劳资科的一名干事，刚接手工作时，几乎天天有老职工和退休工人来询问和有关工资方面的政策，由于她是新手，职工们对她很不信任。好强的姜纯抓紧时间学习文件和有关政策，同时处处为职工着想，从维护职工利益出发，尽量使他们得到满意答复。经过她耐心解释和深入细致的工作，半年之后，来信来访明显少了，如今基本上没有了。

只有经历过苦难生活的人，才更珍惜自己所得到的一切。姜纯生活在一个不幸的家庭，她7岁那年，母亲患了一场重病，双腿落下残疾，行走已很困难，当民办教师的母亲离开了教学岗位，全家四口的生活全靠当放映员的父亲一人支撑着。姜纯17岁上高中时，父亲过早地离开了人世。坚强的母亲拖着病弱的身体，凭着她开小商店的微薄收入供养姜纯和弟弟上学，直到她在湖南株洲工学院电会大专班毕业。

毕业那年，农三师组织部到湖南招聘大中专毕业生，本该留在母亲身边的姜纯，为能尽快自立，报答母亲，报答亲朋好友对她特别的关爱，姜纯和男友毅然选择了兵团农三师。

家庭苦难生活的磨砺，培养了姜纯刚毅、善良的性格，她能体谅职工的疾苦，不忍心看到那些生活困难的人，想方设法给予帮助。1999年11月，姜纯调到场党办室工作，兼组织人事干事和劳资干事，她有了更多的机会到边队，体验牧民们艰苦的生活。场部清洁工阿米娜的丈夫去世后，她一人带着孩子，生活清苦，曾不想干这份工作，姜纯三番五次和阿米娜谈心，并主动从生活细节上帮助她。

如今，姜纯已和湖南来的大学生何立阳建立了幸福的家庭，她说，尽管这里条件艰苦，但场党委和组织很关心我们年轻人，我们会努力工作，绝不辜负领导的期望。

夫妻双双比翼飞

如果不是亲历高原,你很难想象这里生活的艰苦。在叶城二牧场,我深深感受到了环境的艰苦与物质的匮乏,但在这里生活和工作着的回族青年罗红艳告诉我:这些并不日子难忍受的,最难忍受的是寂寞和孤独。

家在兵团农七师128团的罗红艳,1997年在兵团党校经济贸易专业毕业后分配在团宣教科工作,后随维吾尔族青年莫合旦于1998年10月来到了叶城二牧场组成家庭。由于工作需要,莫合旦分到了距场部40公里,海拔3000多米的二连当副连长。夫妻分居两地。

初到二牧场的罗红艳,对这里的一切都陌生,1000多人口的小牧场,居住十分分散,年轻人又少,没什么文化娱乐活动,缺乏交流,常身单影孤的罗红艳闷极了。1999年春节回家探亲,在成都、南京、海南等工作的同学纷纷邀请她到他们那里去工作,父母也希望她回到他们身边,罗红艳说服了父母,婉言谢绝了同学的邀请,假期一完,她就立刻回到了工作单位。

莫合旦长年工作在山上,一个月才能下山一次,有时赶上秋末冬初给牲畜发饲料和春季羊产羔时,两个月才能回一次家,罗红艳默默承担着家中的一切责任,尽最大努力支持丈夫工作。罗红艳是场部宣传干事兼计生员,每次随场领导上山,一路颠簸骨头都快散架的她,还要为丈夫洗衣做饭。而她在工作上也丝毫不甘落后。叶城二牧场点多分散,抓计生工作难度大,但她克服了许多困难,仅1999年她下连队20多次,进行摸底,做深入细致的思想工作,1999年叶城二牧场进入了农三师计生工作先进行列。

夫妻俩生活上互相体贴,工作上互相支持,比翼双飞,莫合旦所在的二连如今羊只达9000多只,每年上交场部20万元,牧民收入逐年提高。

不恋城市恋高原

毕业于湖南衡阳医学院临床医学的易炳南，在叶城二牧场卫生所工作已三年了。他于1997年自愿到新疆兵团工作，但没想到会分到牧场小小卫生所当了一名普通的医生。卫生所医疗设备差，又由于语言不通，给病人看病无法交流，易炳南凭着自己所学医学理论知识和经验对症下药，尽快解除病人痛苦。同时他抓紧时间学习维吾尔族语言，有时，医院的同事在同病人交谈时，他就将常用语记在本子上，易炳南持之以恒的努力，使他能同病人用维吾尔语进行简单交谈。叶城二牧场卫生所条件所限，对易炳南来说，面临着医疗技术提高慢的现实，他也有过种种想法，但至今没有后悔过。易炳南告诉我们，他父亲在家中开有烟花厂，曾想让他留在家中，可他自愿选择新疆。1999年场里派易炳南到乌市进修学习一年，期间，他结识了家在伊犁62团的女友卢为勤，当时卢为勤已是兵团医院的一名化验员，易炳南完全有理由不再回卫生所，况且凭他所学专业和2年的实践经验，也能找到施展自己才华的用武之地，易炳南深深眷恋着高原，为不辜负场领导对他的信任和期望，进修结束后，他还动员卢为勤随他一同到叶城二牧场安家落户，如今他们已有了可爱的小宝宝。这对夫妻，在平凡的岗位上，尽着医生的天职，热情服务于牧民。

在叶城二牧场，还有许许多多的大中专毕业生们。如和兵团农三师有着割舍不断情丝的饶海峰，1997年7月来新疆后，先后在农三师电力公司，四十一团呆过短暂的4个月，当年11月报名从军，有了两年的当兵历史，复员后他再次回到农三师，分到了叶城二牧场，这名年仅22岁的饶海峰挑起了场人武部工作的重担。父母都是二牧场老职工的青年连长胡全，也已在这工作十多个年头了，在他的带领下，二连由连年亏损变为每年上交20万元，职均收入1万元的盈利连队。

这些年轻人将青春献给了高原，将年华奉献给了屯垦事业。

帕米尔的召唤

丁常青

听朋友说,阿克陶县境内奥依塔克区(也叫森林公园)集冰山雪峰、森林池、清泉河流为一体,那里群山千仞,芳草萋萋,毡房点点。听后不觉心驰神往,总想找个机会一睹这被国外地质专家誉为"西域第一生态景观"的奥依塔克风景区。

8月中旬,我终于如愿以偿。沿着去塔什库尔干的公路,在与奥依塔克河相邻处,拐向西北方向沿河谷而上,抵达河谷终点就到了风景秀丽的旅游区。奥依塔克景区位于奥依塔克镇西部,是帕米尔深处的高山风景区。"奥依塔克",为群山之中的一片洼地。这里群山起伏,沟壑纵横,沿奥依塔克河堤一片绿色的谷地和平原,也是柯尔克孜牧民的广阔牧场,蓝蓝天空下,茵茵绿色中,白色毡房星罗棋布,群群牛羊似美丽云朵点缀其中。面对这如诗如画的自然风光,游人无不心旷神怡,沉沉陶醉。

进入谷口,仰望雪山皑皑,俯首绿草如茵,轻风拂面,鸟声啾啾,使人暑气顿消。我们请当地淳朴的牧民作向导,在他热情引导下,我们穿过莽莽苍苍的林海,来到晶莹瑰丽、如素练悬空的冰川。

这里是我国海拔最低的现代冰川，到处是冰凌融化泉水汩汩之声，低凹处一潭潭碧水深不可测，投下石块，回音悠远绵长。因冰川融化而形成的天然冰洞，大小不一，风格各异。冰洞的坍塌之声随时可闻，那种震耳欲聋的轰鸣，使人惊心动魄。我们久久地凝着这重重叠叠的碧空，想象着自己远远进入深山腹地、人类足迹绝少踏过的地方，融入这片亘古长存的原始中。顿时，我们心中有一种圣洁与肃穆，不禁惊叹于这里澄湛的自然和淳朴的人性。

越过冰川，爬上层层叠叠、绿树如墨的山崖，崖间牦牛成群，雪狐飞涧，奇花簇簇，异草片片。山高坡陡，崖道狭险。游人攀援其中，不觉神思凝聚，气喘连连。这样翻过几道山梁，来到巍峨险峻、气势磅礴的雪山下。那里，清凉宜人，泉水淙淙犹如在梦中，众鸟唱着断断续续的歌声，树木象用无数少女的妙舌在轻声低语，奇异的山花象用无数少女的眼睛凝望着我们，快活的阳光轻松自如地闪来闪去，幽雅的草儿互相讲述着绿色的童话，一切都象着了魔法。举首仰望，挺拔峭立的山峰，象一把把利剑，直插云霄。峰顶的皑皑白雪，犹如山父们的满头银发；那倒挂的条条瀑布凌空飞舞，飞珠溅玉，犹如飘在山父胸前的髯髯银须。峰间云雾缭绕，如梦如幻，在阳光的照耀下，多姿多彩。面对大自然如此奇妙的造化，游人无不叹为观止，流连忘返。

夜暮降临，毡房外燃起堆堆篝火，游人和牧民围着篝火狂欢，尽情享受生活的甘美，也使游人领略了这"冰山为父、水山为母"的柯尔克孜族风情。

走进帕米尔，感受阳光的洗礼，雪山的召唤，心灵的净化。美丽的奥依塔克风景区，我们还会再来。

如今的忙人

胡延民

　　世之忙人多矣，然而有这关一种忙人，为了生活忙，却顾不上生活；为了妻子老小忙，却顾不上妻儿老小；为了乐趣忙，却忙得再也没有了乐趣。

　　忙着挣钱，因为有钱的日子才会过得舒适些，然而大多数的有钱忙人却忙得成天只能胡乱地吃一口、喝一口，连起码的温饱有时也保证不了，不是没钱，更不是不想，只是忙得没了时间。

　　忙人倒也充实，连一句感叹也顾不上，然而忙人的充实却有一种特别的孤独被埋藏着，根本不敢触动。忙人的单调是世界上最为可怕的单调。表面上，忙人的身边总是热闹，甚至常常有些惊风骇浪，但忙人的五颜六色却更像肥皂泡，不但浮于表面，而且弱不禁风，一吹就破得无影无踪。

　　人活一生，常为碌碌无为而感叹，但为奔波一生而失去其它的感叹其实更多。

　　许多人认为，似处只有忙得团团转，才没有辜负人生，尤其是咱这个时代，有几个不是从睁开眼睛的那一刻就拼命地去干。前一阵不是有一句"活着干，死了算"，称得上是一个豪言壮语吧！

　　古人有一句"清福难享"，是因为谁也不肯去享那清福。清福在于一个"清"字上,可能清贫一些,可能寡淡一些,这谁受得了?像一杯寡酒,温温吞吞,总感到不够劲,何况即使受得了也不愿享受这个清福——人家那才叫过日子,吃喝无忧,那忙得才叫充实。

于是乎,谁也不敢不忙,但忙而失去了生活的乐趣,也可谓是一种悲哀。悲哀也罢,快乐也罢,愿意也罢,不愿意也罢,在这个时代,人们还是羡慕忙人,想让自己成为忙人。没钱要忙,有钱更要忙,如今的忙人让你看不懂!

真情牵挂

胡延民

踩着渴望的脚步,终于回到了家中,一种轻松的感觉犹然而生。

故乡熟悉的空气、清香的泥土、弯曲的小路,母亲企盼儿女归来的眼神……——呈现在眼前。晚饭后,一家人围坐在电视机前,谈论着离别的牵挂、重逢时的快乐、全家人都沉浸在幸福之中。"唉!"母亲的一声叹气击碎了快乐的气氛。母亲喃喃自言道:"也不知二妮那丫头现在咋样了?""别再提她,我只当没有这丫头"父亲的神色很严厉,母亲再没说什么,一串混沌的眼泪从满是皱折的眼中流出。

看到父母的神情,我的心酸酸的。

二妮是父母最疼的女儿,常年在外奔波。

秋天的天空是晴朗的,时而也会飘过阴云,因为家庭琐事,向来乖巧的二妮与父母争了嘴。一气之下,二妮收拾行装,匆匆奔门而出。"走,走得越远越好!"盛怒之下的父亲大声吼道。母亲急出了眼泪,慌忙拽住了女儿。

"让她走,别挡着!"

父亲一把扯过母亲。二妮走了,走得很急。母亲追出门外,二妮已走出了很远,母亲急急地追了几步。

看着二妮夕阳下那长长的身影,母亲久久站立……

许久,家里的空气几乎凝固了。"唉!"母亲禁不住又一声叹息。父亲沉默了,脸色变得深沉,眼眶也渐渐红润了。我低下了头,不忍心看到眼前这一幕。我知道,父亲是铁打的汉子。

又是一阵沉静。

"这样吧,给二妮寄封信,问问啥时回家"。父亲吩咐了一句。母亲匆匆起身,从抽屉中很快地找出纸笔。我站到了窗前。窗外,初秋的阳光照在院中那生命力旺盛的牵牛花上,它的藤在风中微微抖动。"亲情如无形的丝将我们紧紧缠绕,牵挂是一条扯不断的线。"我读懂了。

笛声依旧

胡延民

一段小故事,读来饶有兴趣。

很早以前,某旧巷中有人以卖饼为生,虽所赚不多,仅得温饱,而每日收摊归家,却当户吹笛,怡然自得,邻里一富人,再三劝说并资助他去做生意。未了,生意上手,颇为红火,巷内便不再听见笛声,却闻算盘之声啪噼不歇。时久,卖饼者大悔,把资金退还富人,重操旧业。于是,巷内又笛声依旧。

如今现代人有一种说法"活得太累",又有一说"换种活法"。人们当然不想活得太累,且也不愿过得艰难窘迫。

咋样才算活得自在?

卖饼者换过一种活法,觉得活得太累,终于又换回原先的活法。这倒颇投合如今的流行观点,说潇洒、追时尚,最好是既不活得太累,又不活得太苦,这自然好。然而生活往往并非如此:某商界巨人,从一生意摊起家,辛苦加运气,如今已腰缠万贯,却忙得脚不沾地;袋中充实,却往往只能盒饭充饥。有人问,你这是为何?"为了挣钱"。"挣钱为何?""为了更好地生活"。"那你就是这样享受生活。"的厂此君一时语塞。为了发大财,自然再无悠闲自娱的心思,挣钱到如此,其乐又何在?

有人艳羡富人富有,这是人之常情,殊不知富人却又羡慕那种挣钱不多,却又不为物累的生活。我倒佩服那位"卖饼者",即为生活富裕而去挣大钱,挣了钱又回到那富有情趣的生活中来。"卖饼者"可谓是"潇洒走一回"。金钱重要,但笛声也不可或缺。物质与精神相一,或许才是如今人之所求。用辛苦挣的钱换作体味幸福与快乐的生活,化作慷慨、热心、健康与美丽,这不恰是金钱的妙处吗?

聆听春之声

车建国

　　不知不觉中,春天的脚步悄悄来临了。

　　看那渐渐染绿的草坪,那杨柳飞絮、绿树红花、和风细雨中,燕子斜飞,春光明媚。

　　我伫立在春风里,任清凉的风吹起我飘逸的秀发。

　　春天来了,万物苏醒,倦缩了一冬的小鸟儿也抖擞翅膀,吱吱喳喳地叫个不停。他们或在浅水边互相嬉戏、梳羽,或在草地上展翅追逐,上下翻飞;或站在高高的树枝上亮开歌喉高声鸣唱,寻偶求爱,一群群大雁排成一排排人字形的队伍,欢快地鸣叫着迁飞北国故乡。

　　春天来了,冰雪消融,大河奔流。在静谧的洒着淡淡银色月光的春夜里,我聆听春声。春天的夜色真美啊。听春风轻拂、树枝沙沙,路旁果园里传来夜莺"咕、咕、咕"的鸣唱,顺微风,我听到远方盖孜河哗哗的流水声,听到原野里进口大马力机车轰鸣的犁地声,隐隐约约还可听到遥远的月夜里传来灌水的农工轻吟着的家乡小调……

　　欣赏春夜,深吸春潮带来的气息,感觉皎洁怡人的月色,真让人浮想翩翩。春天多美啊,这是辛劳的人们美好生活的开始。人们寄希望于春天,于春天撒播希望的种子,通过辛勤耕耘,在秋天收获丰硕的果实。一年又一年,一春又一春,冬去春天,循环往复。春天总是带给世界无限的生机。可不是么? 你看,百花齐放、百花争艳、百鸟争鸣、百业兴旺的美好画图已展现在我们眼前。

　　哦,春天来了,谁不爱春天呢?

住的变迁

贾胜利

前些日子，母亲在喀什东湖小区买了一套三居室住房，终于实现了她一辈子的梦想，住上了楼房。

这勾起了我对往事的回忆：20世纪70年代初，母亲带着我和哥哥从口内来到五十团和父亲团聚。当父亲指着一个地道口，告诉我们这地窝子就是家时，母亲愣了好一阵，随后就蹲在地上哭了起来。

所谓的地窝子就是在平地上挖一个2米深的四方土坑，在坑的一边留一个门，沿门前再挖一个可以走人的通向地面的斜坡缓道；坑的上面搭几根横梁，铺上野麻，再盖上土，留一个天窗或一个烟洞就可以住人了。父亲的地窝子很昏暗。8平方米空间里除了一张床、做饭的灶再没有其它物品。

不论多么不情愿，但母亲最终还是接受了住地窝子的事实。素来爱整洁的母亲用废报纸把四周土墙和窝顶全部糊了起来，从此我们全家仿佛住在纸盒里。母亲说，千里来新疆，没有往高处走，反而钻进了地里，啥时候能住上老家的砖房就好了。

在地窝子住了两年，我家搬进了一间只有十

几个平方米的土坯房。土坯房比地窝子强,是土块垒的墙,木头梁,野麻把和泥土盖顶,最重要的是有了两个窗子。

刚搬进明亮的土坯房,母亲着实高兴了一阵,和住地窝子一样,母亲用旧报纸糊了四周墙壁和顶棚,还贴了几幅样板戏宣传画。那时候家里没有几样家什,但经母亲的收拾,家里显得十分干净和利落。母亲说,终于又回到了地上。

又过了一些年后,我和哥哥都已长大,又有了弟弟,父亲打报告申请到了一间半的土坯房。当时,母亲没有参与搬家,而是用半个月的时间装修新房。先是用砖铺了地面,打了十分细致的火墙,用白灰刷了墙壁,最后用白纸糊了顶棚。当我们全家搬进新房,就好像搬进了天堂。

再过了一些年,团场陆续有了砖房。可父亲是一个农工,还不可能住上砖房。看到有人住进了砖房,母亲既羡慕又生气,有时还埋怨父亲没本事。母亲说,看来这辈子住不上砖房了,更别说住楼房了。

又过了几年,我和哥哥先后成家,离开五十团,都住上了楼房。每次母亲到我和哥哥家都要嘱咐说:"住在楼房里心中真亮堂,一定要把玻璃擦干净。"有一天晚上,母亲对我谈起往事:她还是个孩子的时候,外祖父带她去了一回西安。当她看到满街的楼房时,心里暗暗想:长大了以后能住上楼房过日子就好了。最后她叹息道:"这个梦看样子是实现不了了。"听着母亲的话,我心里一阵酸楚,暗下决心:让母亲在有生之年住上楼房。

但是多年来,我的收入只能勉强维持自己的生活,对母亲住楼房的心愿只是爱莫能助。去年春节我去喀什,哥哥弟弟都对我说:"今年要通过银行按揭,给父母买一套住房。"时至今日,母亲的愿望终于实现了。

我想若不是赶上改革开改、党的富民政策好,即使我们全家竭尽全力,怕也住不起楼房。现在我们全家都住上了楼房,过上了过去想都不敢想的好日子,我要感谢党、感谢这个伟大的时代。是党让母亲实现了她一辈子的愿望。

父亲的入党史

贾胜利

　　记得上小学二年级的一天晚上，父亲在油灯下写字。我有一道算数题不会做去问父亲，趁父亲看题的空，我偷偷看父亲写的是什么。当年我也认不了几个字，但父亲写的"入党志愿书"几个字我全认了下来。我不懂事地大声朗读起来，父亲急忙拦住我，生气地说："不准胡闹，长大了你也要写。"父亲的样子很严肃很认真。

　　父亲年幼丧母，爷爷再娶后不久也撇下他而去，父亲是后母养大的。他17岁就参了军，后来转业到克拉玛依油田。他在劳资科当过参谋，后到机修连任会计，再后来当农工，直到退休。

　　父亲当农工时，我已上了高中。有一天晚上，父亲来到我的屋里，手里拿着一张纸，不好意思地对我说："帮我看看，有没有错别字。"我接过一看，是一份入党志愿书，我不无好气地说："都被开除了干部队伍，写这东西还有啥用。"说完就把那张纸撂在了桌上，父亲没吱声，轻轻拿起纸走了。

　　父亲退休后与母亲去喀什和大哥同住。有一次我去喀什，父亲问我："退休的人把'入党志愿书'交到哪？"我说："你都退休了，还操这心干啥，工作时没有入党,现在入党有什么用。"父亲说:"我当兵的第一天就写了'入党志愿书',入党是我一辈子的心愿,不能入党是我一辈子的遗憾。"

1998年春节,我因工作太忙,没有去喀什过年,父亲给我写了一封信。在信中问我入党了没有?他说一个人只有入了党才能严格地求自己,才能把工作干好。他最后说他一辈子没有实现的理想希望在我的身上实现。

父亲只有小学文化,他为人谦和,工作兢兢业业,他与世无争,领导安排啥干啥,他曾对我说,他没有入党是自己做得不好,没有人跟他过不去。小弟前些日子来电话告诉我,父亲又写了一份入党申请书交到了当地的老年党支部。

在父亲的影响下,已过而立之年的我也和父亲一样把入党作为一生的最高信念和理想,用自己的青春和热血,汗水和智慧,甚至生命去实现父亲和我的共同理想,我不会让父亲失望。

向日葵

叶沙河

割了麦,翻了麦茬,刘叔播下了向日葵。

当初订计划时,刘叔与赵新吵了一架。刘叔想播玉米加黄豆,连长硬着脖梗说必须播油葵,那副坚定样没吓着刘叔。

刘叔知道油葵是绿肥,是养地的,可刘叔不愿意。一茬绿肥到了仲秋,拖拉机一深翻,三个月的地颗粒无收。要是播上几十垄玉米加黄豆,到时一收,几千斤饲料能养肥两栏七八头肥猪。刘叔的独苗儿子小军在内地一所美术学院就读。小时调皮的儿子鼻涕横着擦,刘婶整天宝贝长宝贝短叫着儿子,顶到头顶怕摔着,含在嘴里怕化了。儿子会走路那会儿,刘叔把儿子架在脖硬上让儿子骑过大马。往后,刘叔忙,屋里屋外,地头地边,再一瞧儿子,儿子的唇边已长出了一层绒须,说话也哑声哑气,个头超出刘叔手握的坎土曼把一大截。高考那时小军没告诉父亲,志愿是班主任老师参考的,是从小军平时酷爱美术、并取得各级各项奖所作的决定。刘叔对儿子没有太高的奢望,他对妻子说:"咱儿子上个农大就够了,回来后也当个连长。"

等通知到后,儿子欣喜地告诉了母亲,夜里母亲又告诉了父亲。刘叔乍一听,顿时从床板上蹦下了地,赤着双脚,咬着牙:"臭小子,上啥学不行,上画画的学。"过后一问人,才知,考画画的更难。有一天,他问连长:"唉,学画画,今后能挣到钱吗?"连长说:"咋不能,人家高鼻子凡·高,画一幅葵花图,能卖几千万美金呢!"一听这话刘叔瞪大眼睛,愣了半天才说出了话。于是,刘叔给棉苗锄草、浇水施肥时常常会想到儿子,偶尔也会想到连长说的那个叫什么高的外国人,长得有点像马克思,也有点像列宁。夜里做梦,梦见儿子背了一大捆像芦苇一样多的画,画的尽是葵花朵。压得儿子直不起腰,伸手要替他背一会儿。刘叔丢下坎土曼就去接,待接过来一看是一捆刚割下的紫花苜蓿。第二天,刘叔就朦朦胧胧编给刘婶听,听得刘婶紧锁眉头想哭。

末了,刘叔就请连长替他给儿子写信,回信是一个月后的一个下午。信中说:"中秋之前回来画向日葵。"刘叔闲着就往地头跑,摸摸油葵已长出的朵,看看朵旁长出的叶。

小军的信是从医院发出的,那天,天灰灰的。小军知道了自己的病,脑中那块瘤天天在长,已影响到了视力。近一年的头痛,使他不能上课,不能临摹,甚至不能安稳入睡。

油葵的朵日渐满时,连长说:"该翻了?"刘叔说:"再等一等。"连长不理刘叔,刘叔铁青着脸,粗粗的两根静脉像两条虫爬在刘叔的脖子上。

油葵的朵长出了黄叶,一层细细的黄花粉覆在朵上,一只只蜂和花蝶绕着朵时停时飞。圆月还缺个边时小军回来了,一张苍白的脸,一副脱了形的身板,刘婶摸着儿子的脸哭了。夜里刘叔陪着儿子去看月光笼罩下的那片向日葵,走到地埂上小军向刘叔说了回来的原因,刘叔的脸背着月光,而整个身体抖个不停。

近半月,小军在地埂上支着画架画向日葵,后来便坐在地装潢画,画完后刘叔收好叠好。再后来,刘叔就背着儿子上地头。

那个秋天很短,刘婶说,向日葵的花期也短。

瞻仰毛主席塑像的时候

李明信

　　每当我来到喀什人民广场瞻仰毛主席塑像的时候,总有一股暖流涌上心头,眼前又出现30多年前的幅幅画卷。

　　1968年初春,我和伙伴们一起冒着严寒来到喀什北大桥。我们敲着锣鼓,打着彩旗,举着横幅,喊着口号。近千名群众排列在桥头马路两侧,欢迎一路风尘从古城西安驶来的喀什二运司车队。当车队驶近北大桥时,鞭炮齐鸣,锣鼓喧天,"毛主席万岁"的口号声响彻云天。人们热血沸腾,脸上挂着激动的泪珠,车队运载的是毛主席塑像的像模。

　　现存毛主席塑像在全国只有三座。一是辽宁,二是河南,三是新疆喀什。今天,喀什能够瞻仰这座毛主席塑像,应该感谢西安人民群众,因为这第三座毛主席像本该在西安塑起的。经喀什有关组织与西安方面协商决定,认为喀什离首都北京遥远,又是多民族聚居的地区,更需要党中央、毛主席的关怀,西安人民群众就愉快地同意先将像模运来喀什并派来一名塑像工程师帮助喀什人民完成塑像任务。工程师姓王,我们都习惯称他王师傅。王师傅高高的个子,瘦瘦的脸盘,黑黑的头发蓬松着。给他当助手的是原喀什设计室设计员任树仁同志。

当时我担任宣传工作,经常和二位师傅接触。王师傅没架子,平易近人,我们三人相处很好。至今,我仍然保存几张我们30多年前的合影照片。王师傅来喀什工作,是没有任何额外报酬的。吃的是一半白面一半玉米面的饭食。后来走的时候,只带了几公斤葡萄干回西安。

担负塑像工程主要施工任务的是南建司(今喀什六建)的工人师傅们。灌基工程的任务是十分艰苦的。没有先进的施工机械,一切全靠工人师傅们的双手。在塑像施工过程中,自愿来地工参加义务劳动的人不计其数。他们当中有工人和店员,有解放军官兵和学校师生,还有市民和城郊公社社员。他们不仅在工地劳动,还把节省下来的钱捐献给塑像委员会当作塑像经费。白天,工地上热气腾腾;夜晚,工地上灯火通明。运料车往返穿梭,劳动人群号子声声;广播里播放着施工中涌现出来的好人好事和《东方红》等歌曲。塑像工程牵动着千万人的心;施工现场的日日夜夜都是热火朝天。34年过去了,至今,我还记得在工地上参加义务劳动人群中有一位老工人,天天来到工地烟熏火燎地为大家烧开水,把烧好的开水一碗一地端到人们的手上。我不记得他姓啥,也不记得他叫什么名字,只记得他是人民饭店的一名聋哑人。

基础工程和基座工程完工后就开始塑像了。塑像工程施工从像的脚部开始一部分一部分地依次进行的,工期是漫长的,前后用了一年多时间。

毛主席塑像基座的建筑设计都有一定的政治寓意。前高后底象征大海航行靠舵手。各部分的尺寸分别为7.1注、8.1米、2.5米、10.1米,寓意党的生日、"八一"建军节、二万五千里长征和"十一"国庆节。毛主席像的高度为12.26米,寓意12月26日毛主席诞辰纪念日。

去年"十一",我又来到喀什人民广场瞻仰毛主席塑像并摄影留念。五颜六色的鲜花把她妆扮得更加美丽。耳边不时响起振奋人心的乐曲"我们唱着东方红,当家作主站起来;我们讲着春天的故事,改革开放富起来;继往开来的领路人,带领我们走进那新时代……"

前进水库礼赞

陆勤方

　　由昆仑冰峰峡谷间一泻千里而下的叶尔羌河像一条银色的绸带奔腾不息地流淌着。她滋润着塔克拉玛干沙漠附近的片片绿洲，她无私地用甘甜的乳汁哺育了这方热土，注入了农三师前进水库。

　　前进水库位于喀什地区麦盖提县，与四十三团、四十六团接壤，日照充足、水面辽阔，蓄水量可达9千万立方米，野生动物繁多，宽敞笔直的沥青路直达坝底。

　　春天，水库碧波荡漾，处处姹紫嫣红，沿岸麦苗青青、鸟语花香。夏天绿树成阴、遮天蔽日，汹涌洪水直泻水库，蔚为壮观。秋天站在水库高高的闸门上向南眺望，蓝天、碧水、渔船、飞鸟；向产远眺：良田万顷，麦浪翻滚、稻花飘香。冬天，冰封雪盖，银装素裹，好一派北国风光，这一切如同少女用巧手编织的地毯把前进水库打扮得分外妖娆，构成了一幅独特的风景线，形成了人的杰作与大自然结合的完美景观。

　　开发大西部的号角吹响了，前进水库管理处上上下下沸腾了。开发大西部，水库怎么办，已摆在了前进水库管理处各级领导及群众面前，利用水库得天独厚的地理条件在"水"上做文章，搞旅游开发已势在必行。

　　汽艇在平静如镜的水面上辟波斩浪，划出一道道亮丽的弧线，彩色纷呈的各种游船在水中游弋，众多游客在奋力踩蹬，姑娘、小伙在清澈的水面上游泳。垂钓者已悠闲自得地在水边摆开了"战场"，转眼间活蹦乱跳的鱼儿被"请"出了水面。大树下、帐篷里一对对情侣品尝着大盆清炖鲜鱼和香气四溢的烤羊肉，开怀畅饮。横行的螃蟹也被"请"上了餐桌。欢声笑语不绝于耳，令人心旷神怡、流连忘返。

　　随着西部的大开发，经济的发展、旅游业的繁荣，前进水库的知名度将大大提高，水资源将得到充分利用，她的潜力将得到最大限度的发挥，她的美丽、大度令人神往。她将热情地伸开双臂拥抱每位向往大自然的游客，拥抱每一位新老朋友，拥抱新世纪的太阳，迎来朝霞满天！

小海子垦区的生命库

颜克龙

叶尔羌河从昆仑雪山一路穿越，走到玛扎山下歇了歇脚，于是，这里出现了一个明镜般的小湖。视清泉为生命的大漠人见了这一湾碧水，给她取了一个既好听又贴切的名字——小海子。

正是有了这一湾清水，人们慢慢地汇集到了她的周围，于是这片广袤的大地有了绿色，有了牛羊，有了村落。日月如梭，历史的车轮驶入了20世纪50年代，垦荒大军开进这片沉睡的处女地。在轰鸣怕机车声中，人们把目光瞄在了这一湾清水。借着玛扎山这道天然屏障，人们推土筑坝，挖渠引水，在六十年代初建成了一座简易水库，在共和国的版图上就有了小海子水库这个响亮的名字。

"水利是农业的命脉。"毛主席的这句名言南疆的垦荒者理解最深刻。小海子水库的兴建，使巴楚县的东北部诞生了一个新的垦区。垦区的各族人民把生死荣辱与小海子紧密地联系在了一起。风调雨顺的年景，小海子水库用甘甜的乳汁灌溉着垦区数十万亩农田，给辛勤劳和的人们送来了收获；叶尔羌河一旦使起性子，不再光顾小海子水库，垦区群众的饮水便成了问题。我在垦区工作了十多年,竟然有几次乘着大卡车在干涸的水库里兜风。也正是凭着垦荒者对"水利"一词的深刻理解,从70年代起,农三师下决心整治小海子水库。水工运输船数千名职工几度寒暑,筑坝修堤,建闸固渠,终于让小海子水库有了6亿库容,成为新疆最大的平原水库。

人们常说,黄河是中华民族的母亲河。我说,小海子水库是垦区的生命库。星转斗移,30多年过去,垦区凭借着小海子水库源源不断的清泉流淌发生了巨大的变化。到90年代,这里已是林带成网,农田成片,公路四通八达,军垦城镇拔地而起。垦区的发展,小海子水库是最好的见证人。

一个崭新的世纪就要降临人间。垦区也乘着西部大开发的东风加快了前进的步伐。在不久的将来,小海子水库将目睹一座年轻的城市在垦区拔地而起。图木舒克屯垦史上又要续写一个新的篇章。

大漠垦荒人爱水、盼水,离不开水。30多年来,小海子水管处的干部职工用勤劳的双手管护着小海子水库,也用自己的心血和智慧装扮着小海子水库。随着水库旅游事业的兴办,小海子水库那秀丽的湖光山色吸引着越来越多的游客。是的,今天的小海子水库已成为大漠之中名符其实的瀚海明珠。

秋风颂

颜克龙

　　我喜爱金色的秋天。春天,当人们播下希望的种子,经过夏天如火如荼的挥汗劳作,到秋天迎来了丰收的喜悦。在收获的季节里,慷慨的大地奉金献银,处处银棉吐絮瓜果飘香。

　　秋风起处,天高云淡,红日高照,令人心旷神怡。尽管秋天到了冬天就会不远了,但严冬总会过去。一个生机勃勃阳光明媚的春天还会降临人间,不是吗?秋风扫除了枯枝败叶,树木还会发芽吐绿;寒冬凝冻了大地,大地还会焕发春华。

　　人们付出了艰辛的劳动,大地就会予以丰厚的回报。芸芸众生,日复一日年复一年,耕耘着这片热土,历经春夏秋冬,饱尝酸甜苦辣,这就是生活,千百年来,人们沿着这条轨迹繁衍生息。

　　今年的秋天特别令人振奋,秋风把北京传来的电波吹进每个人的心中。党的十五届三中全会为亿万中国人描绘了一幅壮美的"十五"蓝图。经过"九五"奋斗,我国已实现了现代化建设的前两步战略目标,人民生活总体上达到了小康水平。再经过五到十年努力,国内生产总值再翻一番,经济建设和社会发展将会迈上一个新的台阶。如果说党的十一届三中全会诉说了一个春天的故事,那"九五"就是收获的金秋;如果说西部大开发战略的实施吹响了西部现代化建设的进军号角,那"十五"就是规划的蓝图;如果说党中央是现代化大厦的设计师,那中国人民就是建造这座大厦的实践者。

我喜欢金色的秋天。秋风送爽,来年的春天将会更加艳丽,因为我们面临的将是一个光辉灿烂的新世纪。

叶河两岸的变迁

颜克龙

1969年,年仅16岁的我,从渤海之滨的鲁北平原到刚组建不久的农三师,在这片热土上一呆就是31年。从工人、战士、护士、医生直到走上师工会的领导岗位,31年来,我亲眼目睹了农三师的沧桑巨变。

进疆之初,条件极为艰苦,住地窝子,吃包谷面,穿黄军衣,走"扬灰"路。当时我想,谁能让农场职工住上砖瓦房,喝上自来水,扔掉煤油灯,走上沥青路,谁将功德无量,三师人民将永志不忘!

我来自水电工地,且不说那南方的青山绿水,北方的无际"青纱",就这水、电、路就让我无限怀念。城市生活用惯了自来水、长明灯,走惯了水泥路,却身在福中不知福。来到刚开发的军垦农场,当喝着苦咸的碱水难以下咽时,当提着马灯为病人打针、服药时,当坐在拖拉机上满身灰土、饱受颠簸之苦时,我特别希望谁来改善农场的水、电、路。

31年过去了,三师各团场发生了天翻地覆的变化。

如今,团场洁净卫生的自来水已通到千家万

户,再也见不到冬天渠道边、水井旁人仰桶破水流的景象;夜幕降临,万家灯火,倒也有了城镇不夜天的味道,家用电器早已进入寻常百姓家,新一代兵团人已不知马灯为何物;笔直的黑色路面已贯通各垦区团场,伸向远方。

有人会说,和日新月异的城市相比,这点变化算啥?是不算啥。但这是三师人30多年的心血和汗水。要知道,我们是从万古荒原上白手起家的!30多年,在历史的长河中只是一朵小小的浪花,但对三师人来说,这30多年却成了兵团精神的一个缩影。

当年的垦荒者们多数已退出工作岗位,有些同志已经作古,当年的小青年也已快到"知天命"了,可是他们为开发建设农三师所做的业绩并不会因时间的流逝而被人遗忘。

走在团场平坦的林阴大道上,看着一栋栋拔地而起的楼房,望着花枝招展般的小学生队伍,我由衷地感到高兴。是的,三师人30多年的汗水没有白流,农场的孩子们再也不必为水、电、路而发愁了。

三师的发展得益于党的改革开放政策,没有邓小平理论的指导,农三师的发展步子不会这么大。从水、电、路的变迁,我们真切地体会到了农三师前进的步伐。

人过中年,我也逐步走向成熟,一种责任感油然而生。国家已实施西部开发战略,我们遇上一个千载难逢的大好时机,趁精力还充沛加倍努力工作,把三师的各项事业发展不断向前推进。

老家

颜克龙

　　工作在外的人，都喜欢互相询问："老家在哪?"遇到同乡甚至同县、同省的人，自然就会多了几分亲切，有了共同言语。工作在外的人，都常把现居地当作自己的第二故乡，时间长了，老家就成了一个遥远的回忆，一个甜美的梦。

　　老家只有一个，就是那片呱呱落地时的热土。我的老家在湘中涟水河畔一个山青水秀的小山庄。只是尚未启蒙，我就离乡背井走四方，老家依稀只在记忆中。说起故乡，大江南北都留有足迹，赣、闽、鲁、鄂都曾有过家。在新疆生活了30多年，别人问我老家在哪，有时感到茫然。新疆是我的工作地，却不是第二故乡。我的第二、第三、第四故乡应该是在上犹江、古田溪、闽江、马颊河、长江的水电工地。

　　浓浓的乡音是维系老乡情感的纽带。古人长年在外，尽管少小离家但乡音不改，我是成长在人员来自五湖四海的水电工地，听得懂乡音却操一口普通话。走南闯北，并不会为口音发愁，于是同事们难以从口音中辨出我的老家。

　　国人喜爱寻根，无论走到天涯海角，总希望落叶归根。正是这种古老的文化,构成了炎黄子孙的神州情、华夏心。君不见,台湾宝岛游离于祖国母亲怀抱百余年,那些古稀才老人身着"想家"的背心隔海相望,他们想的就是有五千年文明历史的神州故土,那个养育了一个伟大民族的"老家"呀!

　　在新疆工作了30多年,结识了许许多多的离乡背井人,为了中华的崛起,为了祖国的繁荣,他们舍小家顾大家,在天山南北安了家、扎下根。几十年过去了,他们乡音未改,但子孙们却操一口流利的普通话,习惯了新疆干旱少雨气候环境,对老家已无印像。一些人曾带着儿女回过老家,但最终又回到了这片熟悉的土地,因为这里有他们的事业,有他们的希望,有他们现在的家。西部开发是一项宏伟的战略,需要一代又一代人的不懈努力。有时我想,再过几十年,人们见面不会再问老家在哪,因为我们已经成了名副其实的新疆人。

海之恋

颜克龙

　　我从小向往大海。但几次身临海边却与大海失之交臂。在鲁东北,在上海滩,过山海关,都与渤海、东海近在咫尺,却无缘相见。特别是曾两次乘船由黄浦江入长江口溯江而上到武汉,已经看到了水天一色、百舸争流的景色,但那还不是大海。所以,想像中的大海,是天蓝蓝、海蓝蓝,一望无际,浪静风平,渔船如织,海鸥翱翔。

　　30多年前,那场声势浩大的"上山下乡"运动,把我从渤海之滨,古运河边送到了天山之南,塔里木盆地,远离了大海。在塔克拉玛干大沙漠的边沿长期生活,见惯了戈壁沙丘,渐渐理解了"瀚海"的含义。已经成了大漠人,却一直怀念着那真正的大海。

　　世界上的事情有时是难以预料的。当年身在东部沿海却未能见到大海;如今身为西陲人却有机会亲临南海,了却了对大海的眷恋之情。去年的海南之行,有幸到了三亚,在风景如画的大东海、亚龙湾,面对湛蓝的南中国海不禁使人感慨万千!几十年魂牵梦绕,一旦身临其境,真有点飘飘欲仙。海的博大,海的壮丽,海的雄浑,难以用语言表达。站在南海边，任海风吹拂，心胸也随之开阔。此时此景，我突然感到似曾相识。一时醒悟，在小海子水库边工作了17年，这种类似海边的感觉不是常有吗？难怪三师人把这座新疆最大的平原水库称之为"小海子"！

三亚的海滨美不胜收，令人流连忘返。天涯海角、南天一柱，的确名不虚传。在南天一柱的巨石前，游客们纷纷掏出二元纸币，从钱币上的图案对照实物，个个惊叹不已。我却在沉思，这块巨石定名是何等贴切。我们的祖国疆域辽阔，正是亿万勤劳勇敢的人民撑起了共和国的摩天大厦。

据说地球上的物种起源于海洋。生物在陆地的生存发展历史实际上是一部与自然的融合史。人类不能违背自然规律，却可以用自己的智慧去改造自然。我们原来没有水库，但可以筑坝引水，兴建小海子水库，于是在戈壁瀚海中就有了海似的这颗奇丽的明珠。东西部是有差异的，再造西部秀美山川需要一代一代人的不懈努力。海南之行给了我启迪，瀚海不可能变成南海，但南疆可以变为江南。借西部大开发的契机，凭一代一代大漠人的执着与追求，天山之南一定会旧貌换新颜。我仍然眷恋大海，我更寄希望于瀚海。

春天说花

颜克龙

民间传说：女皇帝武则天在寒冬腊月酒后游上宛，醉眼朦胧中见几枝红梅傲雪怒放，以为普天之下已是百花争艳、春色满园，龙颜大悦，于是传下圣旨，要百花在隆冬季节一齐开放，并令文武百官伴驾赏花。因为花开花落各有时，牡丹抗命不开，所以演出了一出"贬牡丹于洛阳"的闹剧。

其实爱美之心人皆有之。花儿以其艳丽的色彩、沁人心肺的芬芳装点着大自然，美化着人们的生活。花是美的象征。在日常生活中，人们总是把美好的事物与花联系起来。春天来临了，万象更新，花儿成了春的使者；年轻人充满朝气，焕发着青春活力，称之为花季；文艺舞台一片繁荣，谓之百花齐放；在追求真善美的人们心目中，花就是美。没有了花，美就有缺憾。

当然，人们爱花各有侧重。有人喜爱国色天香的牡丹；有人喜爱迎霜斗雪的腊梅；有人喜爱出淤泥而不染的荷花。于是评选国花、市花，众说纷纭，不一而足。我对于花没有偏爱，也不善于养花，但只要是花，来而不拒，摆在阳台上，闲时浇水，观赏一番也怡然自得。

　　我在南国长大。置身于绿水青山间，春来登高，望着那烂漫山花，真正是心旷神怡！到了天山之南，见不到这幅美景了，眷恋秀美山川之心也就愈加强烈。南疆荒凉，但天涯何处无芳草？在垦区大地另有一番景象。

　　微黄的沙枣花开了，飘着淡淡的清香；大片大片的罗布麻星星点点地开着小红花，点缀着荒原；庭院里、果园中杏花、桃花、梨花、苹果花争奇斗艳，美不胜收。

　　30多年了，我见得最多，最为关注的却是棉花。农场以种植棉花为主，也许是司空见惯，对这种花儿并不在意。因为做为经济作物，棉花的观赏价值已失去意义。其实做为花，棉花亦有其独特的魅力。俗话说，棉花是"四月苗、五月蕾、六月花、七月桃、八月絮"，只是辛勤劳作的种花人无暇去观赏它的芳姿。我关注棉花，同样是因为它的经济价值。作为农三师的支柱产业，棉花的丰收意味着好的年景。

　　新的一年开始了。送走严冬，我们已迎来了又一个鸟语花香的春天，种花人又开始忙碌，但愿今年的"花"更艳，果更硕。

人与土

颜克龙

　　人与土有着必然的联系。远古传说,女娲用泥土捏成人,而有了人类社会。黄河中下游地区成为中华民族的摇篮与发祥地,也是因为在科学技术极不发达的远古时期,那片松软的黄土地易于开发。作为农耕文明,土地在国人心目中有极高的地位,因此孔夫子曰:君子怀德,小人怀土。芸芸众生靠的是土里刨食?

　　土地对人们是慷慨无私的。你为她辛勤耕耘,抛洒汗水,她就会给你收成,给你回报。拥有了土地,就有了生活的基础。拥有了土地,就有了基本物质的保证。正因为如此,土地在漫长的封建社会成了人们争夺占有的重要财富。占有土地的多少,成为人们贫富的衡量标准。也正因为土地占有的不公,中国历史上演出了一幕幕农民战争的悲壮场面。

　　然而,土地是不可再生的。经过了亿万年的地壳运动才形成了土壤;经过了千百年的开垦养护才有今年的土地。随着人类活动的日益频繁和人类文明的发展,土地在急剧减少。尽管如今已是"四海无闲田",但人均土地占有量已到了历史的最低点。

中国是个土地资源相对紧缺的国家，人口的剧增，城镇的发展，交通道路建设等等，都要占用土地。中国人切切实实地感受到了人与土的巨大压力。在新疆工作了30多年，我一直以为新疆是地广人稀，土地后备资源充足，对土地并无忧虑。最近，考查了一些乡村才知道，前景并不乐观。在大片的戈壁荒滩中夹着几片绿洲，耕地十分有限。而扩大耕地又受到水资源的制约。因此，在新疆土地资源也同样极为宝贵。最近，从新闻媒介中得到许多信息，诸如水土流失、土地被毁、农田污染等，确实令人痛心。

人不能离土。土地需要我们精心地呵护。善待我们的每一寸耕地吧，因为土地是国家的资源，是养育我们的母亲。

独轮车

颜克龙

在工程团工作了17年，最难以忘怀的是独轮车。这种由原始的"鸡公车"演变而来的古老的运载工具，却在六七十年代伴随着工程团的水利职工，修堤筑坝、挖渠引水、开荒造田，独轮车可谓立下了汗马功劳。在当年的水利工地上，工程团各施工连队都有"停车场"，那一排排排列整齐的独轮车像整装待发的军旅；在施工现场，一队一队雁行车队组成了壮观的劳动场面。就是凭着人手一车，转战荒原，经过十多年建成了前进水库、小海子水库、永安坝水库和喀什地区的一批水利工程，为南疆的水利建设作出了重要贡献。

我最敬佩的还是工程团人的那种吃苦耐劳、顽强拼搏的敬业精神。在当年的喀什一级水电站施工工地，工程团人凭着这种古老的生产工具，却创出了优异的成绩。水利工地的条件极为艰苦，职工们长年生活在荒郊野外，住的是简棚、地窝子，喝的的苦碱水。推独轮车，劳动强度大，一车土石二三百公斤，全靠一双手，两条腿。驾车人为了保持小车的平衡，车推着往前走，人在车后。寒冬腊月，驾车人身着单衣，头冒热气，一天几十公里行程下来,整个人就像快要散了架。于是,我忘不了七十年代流行的一句话"小车不倒只管推,一直推到共产主义!"

当然,改革开放的今天我们明白,科技是第一生产力,单用独轮车是推不出共产主义的。于是到了八十年代,工程团也开始"鸟枪换炮"。机械化程度的提高,把职工们从繁重的体力劳动中解放出来。独轮车在工程团也逐渐退出了历史舞台。但是工程队对独轮车仍然情有独钟。家庭中保留一辆独轮车,买面粉、运砖块都很方便,因为工程团人个个都是驾车的高手。更重要的是,在工程团独轮车是一段历史,是一段艰苦而又难忘的记忆,是工程团事业发展的一个佐证。

如今,新一代工程团水利职工不再推独轮车了。也许他们会感叹当年的艰苦,会嘲笑独轮车的笨重与落后。但是,正是这一群敢吃苦的拓荒人,正是用一辆辆独轮车奠定了农三师乃至南疆地区水利建设的基础。当年的驾车人,如今大多已两鬓斑白,退出了劳动大军的行列,但他们为今天的发展作出的贡献却不可磨灭。现代化建设需要先进的科学技术,需要先进的设备,更需要掌握先进的科技的人才。但是在低起点上追赶世界先进水平更需要勇于开拓,勇于奉献的精神。在四十五团团史陈列室,一辆独轮车默默地靠在墙边,它无言地告诫后人,不要忘了创业的艰辛,不能忘了独轮车。

书与笔

颜克龙

书是开启智慧大门的钥匙；笔是思想表达的工具。书与笔原本就是一对孪生兄弟。人们著书起源于何时，世间有笔开始于哪代，在历史的长河中已无法准确地考证。但人们著书离不开用笔，而制笔则是为了著书立说，这一点不容置疑。当然，随着社会的发展和科技的进步，书与笔早已发生质的变化，不可同日而语。正因为有了书，人类的实践活动代代相传，有了一条捷径；正因为有了笔，千万年的口头文化才有了记载而流传后世。上下五千年，一部中华文明史，那是书的功绩、笔的杰作。

书是供人阅读的。古人云："开卷有益"。正是那浩如烟海的书籍，如精神食粮，充实着人们的思想，给人以启迪。于是乎，那些饱学之士，或称大师，或谓文豪，成为人杰，为万世所景仰。"书山有路勤为径，学海无涯苦作舟"就成了历代学子们信奉的教条。笔是书写的工具。文人们将伏案作业谓之"笔耕"，可见操作之艰辛。人们在书山中奋进，在学海中横流，产生了思想火花，激活了大脑的思维，有了无数的创意，于是乎，就要提笔急书，就有了新的书籍，产生了新的理念，推进了文化的发展。

古往今来，凡读书人必会作文。书柜中有书，书案上有笔，就成了知识的标志和文化的象征。在漫长的人类社会发展史中，借助了书与笔，文明才得以延续；在前人的实践基础上，后人才会承前启后，推陈出新。因此，读书是人们获取知识的重要途径；写作是人们传授知识，总结经验的重要手段，假如这世界上没有书与笔，缺少了读书的人，社会的发展，人类的进步实在难以想像。

我不敢冒称"文人"，却自幼喜好读书。未达学龄，在严父督导之下先在家庭启蒙。对于"孔融让梨"、"司马光破缸"之类的"小人书"倒也爱不释手；握支秃笔，纸上涂鸦乐此不疲。有了这个兴趣和基础，小学、中学一路读来，倒也不觉辛苦，并未感到艰难。只是正好赶上"十年文革"，失去了继续求学的机会。小小年纪就投身西部，成了垦荒大军的一员。此后30余年，不遗余力收集阅览各种读物，与书结下了不解之缘。闲暇时，也能拿起笔来，作点感慨之想，写点"豆腐"文章。于是有了发现，与课堂失之交臂并非绝望，挤出点时间，多翻书本，同样可获取知识。只是自学的路子要比正规课艰难了许多，我有时在想，人生在世总该为社会做点什么。书与笔应该是增长才智的助推器。只要不要丢下书与笔，就会有动力，就能向着心中的目标不停地向上攀登。

有人说，当今是知识"爆炸"的年代。科技发展日新月异，知识更新的周期大为缩短，以至于出现了知识恐慌。有幸从正规大学校门走出来的天之骄子们都感受到了前所未有的危机，何况我们这些先天不足的下乡知青。依我看来，还得顺从那古老信条，牢牢地抱着书本握紧笔，这才是战胜无知的有力武器。建设学习型社会，树立终生学习的思想，这是党中央发出的声音。要跟上时代发展的步伐，还要借助书与笔。

往事如烟

颜克龙

　　常听人说，经常回忆往事是走向衰老的象征。我已年过五旬，不知是否已列入老年人的队伍，但发生在30多年前的一件往事至今还历历在目，记忆犹新。

　　那是在极左思潮盛行的1970年，人分三六九等。"红五类""黑五类"阵线分明，事事处处强调以阶级斗争为纲，故而每个人绷紧神经，人际关际极为紧张。那时的我，还是一个刚走上社会的花季少年，对社会的复杂、人言之可畏竟一无所知。那一天，根据劳改中队领导的安排，我荷枪实弹，押解着20名服刑犯人远离驻地到荒漠深处去打柴禾。在红柳滩上遇到两名推着独轮车、神情疲惫的中年人。由于迷路，他们水米未进已在戈壁滩里转了一天一夜，早已是筋疲力尽。当得知他们是水工团三队的职工，我没有多想，赶紧拿出自己备用的水和干粮，分给他们充饥。两人三口两口，狼吞虎咽，两个馒头很快就下了肚，看着他们饥饿的情形，无奈之下我又掏出几张饭票，嘱咐他们稍事休息后，再前行到劳改队食堂买几个馒头。待到日落收工返回单位，却听到了同事追查的议论:奇怪了,今天有两个三类人员来干警食堂买馒头,他们哪来的饭票?在细问之下我如梦初醒,原来水工团当时有连队之分。连者,基本职工单位也;队者,三类人员聚集、军管单位也。何谓"三类人员"?劳改刑满、右派、走资派也。于是我惊出了一身冷汗,赶紧闭紧了嘴巴,心怀鬼胎地过了几个月,再也不敢乱说乱动。

此事过了七八年,我已从一名警卫战士成了团场医院的一名医生。有一天坐诊,为两名患者开完处方后,他们用眼睛久久地盯住我没有离去。经过询问,他们谈起了当年的情况,一再向我表示谢意。此后很长时间,他们一见面就要谈及此事,说受人恩惠应牢记终生,并祝好人一生平安。

时如流水,日月如梭,人生是短暂的。一转眼已经30多年过去了。粉碎"四人帮"后,经过党中央的拨乱反正和20多年的改革开放,法制已经确立,社会日益进步,"文革"恶梦早已结束。我也从花季少年到了叹老的年岁。许多往事早已灰飞烟灭,惟独这件往事不能忘怀。在一个特殊的年代,做了一件微不足道的小事,却让人家记忆终生,使我始料不及。于是我一直在反复琢磨毛泽东的那段话:一个人做点好事并不难,难的是一辈子做好事不做坏事。两个馒头一杯水,今天来说能值几个钱?但在特定的条件下,那无异于雪中送炭。是啊,锦上添花远不如雪中送炭。

走上领导岗位后,视野比过去开阔,接触的事物也比过去多,但这件事却成了鞭策我前进的动力。我出生在平民百姓之家,来自基层,应该了解群众的疾苦与需求,如今三师的群众还不富裕,存在不少的困难。为群众"雪中送炭",群众不会忘记我们,这是我们应尽的职责。30多年前遇到的这两个人,我早已忘记他们的姓名,我也认为没有必要记住他们的姓名,做工作不可能没有失误,人都会犯错误的,但只有多为老百姓做好事,才会问心无愧。

地冻天寒松竹梅

颜克龙

古人把松、竹、梅并称为"岁寒三友",仔细想来确有道理。君试想,隆冬季节,滴水成冰,漫天飞雪。百花早已凋谢;百草业已枯萎;百木不再葱翠;大地一片萧煞,缺少生机。惟有松柏顶住风霜,仍然碧绿;还有翠竹抗击严寒傲然挺立;更有红梅迎冰傲雪,含苞怒放。于是,它们用绿色和芬芳装点了自然,使郁闷的大地有了生机;它们用顽强的活力和严寒抗争,使人们从严酷中看到了希望。松竹梅以其坚毅的性格受到人们的赞誉。古往今来,多少文人墨客为之动容、为之感叹、为之激励。或画、或诗、或赋、或曲,林林总总不一而足。就连一代伟人毛泽东也为梅花的品格而折服,写下了"已是悬崖百丈冰,犹有花枝俏"的不朽篇章。

说到交友,国人自有"物以类聚,人以群分"之说。人们将松竹梅并为三友,事出有因,正是那一个"寒"字,把它们联系在了一起。艺术家们是浪漫而富有想象力的。现实生活中,松竹梅不过是有生命而无思想的植物,也不可能交朋结友常聚常欢,正是文艺家们用那浪漫的情思,赋予了它们人格,谁能说,松竹梅不是文艺家们自身的写照呢?借着暇想,那个"寒"字也不仅是指寒冬腊月,应该是一切艰难困苦的泛指。

也许是受到了名人们的影响,缺少文艺细胞的我也看过"岁寒三友"图;爱读陶铸的《松树的风格》;喜欢毛泽东的《卜算子·咏梅》;欣赏"宁可食无肉,不可居无竹"的名言。松的挺拔,竹的高风亮节,梅的来自苦寒的芳香,就成了我心目中英雄的美德。我最推崇的是毛泽东的《咏梅》。在伟人的笔下,梅并没有孤芳自赏,也没有艳压群芳,而是在战胜艰难困苦率先"报春"后,与百花一道装点着大好江山;山花烂漫时,"她在丛中笑"。伟人眼中的梅,是多么地令人可敬可爱。难怪在前些年,国人评选国花,我放弃了雍容华贵的牡丹,毅然投了梅花一票。前不久,国人以各种方式纪念毛泽东110周年诞辰。我在想,以毛泽东为代表的老一辈共产党人历尽艰辛,换来了人间春色,而后又和全国人民一道建设美好生活,他们在人民心目中不正是长青的松竹梅吗?

早些年,我到过闽北的竹海,看到过竹笋拔节而长,成竹后的宁折不弯;我到过东北樟子松林,在枝铁干铜的松树下照过像;我到过赣南的梅岭,领略过梅花的沁人清香。这些经历值得庆幸。如今,在塔里木的边缘,已无缘再睹梅竹的真容。好在师机关的大院里栽有数行松树,闲逛信步时,可观赏它的姿颜。树虽幼小,在白雪中却也显挺拔葱翠,只要我们细心呵护,它终会参天而立。

"诗言志"、"画写意",人们歌颂松竹梅,不是研究植物的本身,而是赞赏它们的精神,寓意我们的民族,象征我们的事业。只有象松竹梅那样面对困难坚忍不拔,我们的民族才能迄立于世界之林,我们的社会主义建设事业才能兴旺发达。

松竹梅不屈的性格告诉我们,冬天到了,春天还会远吗?

昔日梦想今日圆

颜克龙

在我的记忆中，最早提出设立"图木舒克市"的当属一雅号叫张大个子的。还在上个世纪70年代的"农垦局"时期，一次全地区性的卫生工作大检查，我们这一帮"农牧团场"的卫生防疫人员眼看着地方的县城建设加快步伐，面貌正在发生变化，不由得感叹起团场发展的滞后，于是大家议论开来，认为应在小海子垦区建立一座城镇作为垦区的政治、经济、文化中心。有人提议就叫"小海子市"。七嘴八舌中，张大个子说："我看就叫图木休克市！"

事情已过去了近30年，在这场议论中许多当事人可能早已忘却，而张大个子也可能已经从团场医院院长的位子上退了下来。但当年的一个梦，今天却随着图木舒克市的挂牌成立而成为现实。

图木舒克踞南疆要冲，扼守喀什咽喉，自古以来就是兵家必争之地。其战略位置十分重要：图木舒克沃地万顷，良田数十万亩，物丰人勤。作为三师的一个重要垦区，它的发展对全师起着举足轻重的作用。三师屯垦在叶尔羌河流域，点多线长，要使三师经济从单纯的农业生产走向全面、协调的发展,必须要以城镇为依托,打造发展二、三产业的平台。"屯垦戍边"绝不是简单的开荒种地;兵团事业需要以人为本,五业兴旺。今天,人们开始探讨如何改善一下生存条件,使我们的团场环境和周边的县镇接近一些,也许是应了那句话:"穷则思变",我们才心中无数次地有了建立"图木休克市"的念头。

梦想归梦想。当年的我们,对于建立图木舒克市的意义和作用远没有今天认识得清楚。以我们当年的阅历,我们也不可能站在政治的角度和历史的高度去审视这个问题。但是希望团场变成城市,农工们企盼过上城里人的生活,却是几代军垦人追求的目标。谁能说兵团人就没有理想? 先辈们流血牺牲不就是为了人民的生活更加美好?为了这个美好的理想,一代一代的兵团人在拼搏、在奉献,他们献了终生献子孙,许多人并没有等到图木舒克市挂牌成立的这一天就离开了我们。

是党中央高瞻远瞩,作出了"稳疆兴疆、富民固边"的重要部署,为兵团发展提供了千载难逢的历史机遇。图木舒克市也乘着西部开发的强劲东风迅速崛起。这是一座共和国最年轻的城市。尽管她刚呱呱落地,显得是这样的娇小;尽管她刚蹒跚学步,行走得不是那样的稳健,但她毕竟是三师人几十年心血的结晶。在全师各族人民的精心呵护下,图木舒克市会茁壮成长。与那些经济发达的都市相比,她没有车水马龙的街景,但是,她血管中流淌着的是兵团人的血液,她灵魂深处蕴藏的是军垦人的忠贞报国、不屈不挠的精神。

令人欣慰的是,我们从图木舒克市的成立,看到了三师前程似锦的今天,在建设中国特色社会主义的进程中,屯垦戍边事业又翻开了崭新的一页。随着时代的进步,伴着事业的发展,理想会不断变为现实。今天,我们有了图木舒克;明天,我们也许还会有博塔依拉克、扎拉特……是的,先辈们的汗水不会白流,戍边之路会越走越宽。是的,今天的图木舒克市还纯洁得如同一张白纸,但可以描绘出最新最美的图画；今天的图木舒克市还如同小家碧玉，"养在深闺人未识"。但终有亭亭玉立的一天。我相信，到图木舒克市世人皆知的那一天，三师的事业会更加兴旺。

军魂不散化宏图

颜克龙

　　这是一支不散的队伍,诞生在巍巍井冈,成长在湘鄂大地,汇入进两万五千铁流,血战在大别山群峰,垦荒在南泥湾盆地;渡黄河、越六盘、战兰州、跨祁连,一路西进,落脚在天山南北;兴水利,造良田,修道路,植林带,建工厂,筑城镇,铸剑为犁,为国分忧。几十年的风风雨雨,披征尘,淌汗水,前进的步伐永不停顿。

　　这是一个特殊的群体。汇集在八一军旗下,他们是一支攻无不克、战无不胜的人民军队;投身到社会主义建设中,他们用忠诚和毅力谱写了新的篇章。五十年前,他们征尘未洗,以粗壮的臂膀拉开了军垦第一犁;用持枪的大手播撒下希望的种子;五十年后,他们沐浴着党的阳光,获取了丰硕的成果。看千万亩良田稻麦翻滚,银花满地;座座军垦城镇拔地而起。

　　这是一个独特的组织。她保持着人民军队的光荣传统,亦农亦兵,劳武结合,召之即来,来之能战,在祖国的西北边陲筑起了一道钢铁屏障;她肩负着建设边疆的历史重任,艰苦奋斗,无私奉献,用辛勤的汗水改变着新疆的山山水水,用坚忍不拔的精神推动历史车轮前进。

这就是新疆生产建设兵团。五十年来,她历经坎坷,走过了一段不平凡的道路。作为王震将军统率的一支劲旅,在硝烟弥漫的年代,她战功卓著,载入了人民军队的光荣史册;在和平建设时期,她以苦为荣,用集体的智慧描绘了共和国宏伟的蓝图。当年,是她吸引了五湖四海的有志青年汇聚到自己的名下,展开了西部大开发的宏伟画卷;今天,戈壁变良田的理想已经成为现实。虽然,岁月磨人,当年的垦荒者已年老力衰,但新一代军垦人会把兵团事业继续向前推进。

要说兵团人的奉献,天山可以作证。五十年沧桑巨变,兵团人功不可没。将士们的心血化作了共和国版图上百十个小圈,石河子、五家渠、阿拉尔、图木舒克、奎屯、北屯,在新疆的地图上十分醒目;几代军垦人流血流汗值得,换来了粮丰林茂、瓜果飘香、牛羊满坡。在党中央的关心支持下,兵团在不断成长壮大,兵团的事业前景辉煌。

五十年,是一个完满的句号,也是一个新的起点。在新的历史时期新的历史阶段,兵团人担负着维护边疆稳定和建设小康社会的历史重任。与时俱进的兵团不会懈怠,他们会朝着新的目标迈进。是的,新疆生产建设兵团已经退出人民军队的序列,但在兵团人心中,他们永远是军人,只要党中央一声号令,他们会前赴后继,一往无前!

原野绿如茵

颜克龙

　　绿色像征生命。有了绿色就有生机,就有了希望。我出生在南方,至今还怀念那里的青山绿水。我工作在塔克拉玛干大沙漠的边缘,恶劣的自然环境更增添了我对绿色的偏爱和渴望。

　　国人习惯性地以长江为界,将中华大地分成南方北方。其实秦岭、淮河才是我国南北方的分界线。由于生态、气候的原因,因南国大地得到了雨水的滋养而花团锦绣、郁郁葱葱。因此,水又成了万物之源,生命的保障。

　　如今北方地区严重缺水,母亲河日趋枯竭,大运河多数河段已经断航,华北平原地下水因开采过度已形成一个"漏斗",黄土高原水土流失,生态环境愈加恶化。为此,国家不得不投巨资启动南水北调工程。其实,对绿色的钟爱绝非南方人所独有,北方人对绿色更有一层深深的情意。君不见,隆冬季节,冰天雪地,陕北窑洞的老奶奶在窗台上养上两盆蒜,她是想保留一点绿色,让室内有些生机啊!新疆的维吾尔人爱绿如命。无论是戈壁碱滩,只要定居,首先是栽树。于是在新疆,有水就有人就有树,这才在茫茫荒原上崛起了无数个大小绿洲。

　　我到过内蒙古的呼伦贝尔大草原。她东临大兴安岭林海,西接蒙古大地,境内河流蜿蜒,碧草蓝天连成一片,32万平方公里的大地犹如一张巨大的绿毯。人在这绿色的海洋中,心旷神怡,不禁浮想联翩。是啊,这是大自然的恩赐,更得益于人类对其呵护。据说当年也曾有人打过这片黑土地的主意,想毁草种粮,是乌兰夫同志据理力争才为后人留下这片丰美的草原。但是中国之大,绿色实在有限。神州大地森林覆盖率不足百分之十六,尤其是西北地区,绿色尤为珍贵。历史上的滥砍滥伐,使西北原本脆弱的生态环境更加恶化。许多地方沙进人退,不少人只得舍弃家园远走他乡。

　　早在20世纪50年代,为了重现祖国的秀美山川,党和政府就发出号召,封山育林,绿化祖国。无数有识之士持之以恒,植树造林。后来,党和政府先后启动了三北防护林工程,实行了退耕还林还草政策,使森林锐减的局面得到有效遏制。然而恢复植被决不是一朝一夕的事,只有怀着对绿色的向往,一代接一代地干下去,祖国大地才会天蓝地绿,鸟语花香。

　　塔里木盆地的自然环境不能与南方比。瀚海之中的绿洲显得如此的娇弱。五十年来,兵团人作为生态环境建设和保护的卫士,出力流汗,无怨无悔地默默奉献,已在大漠边沿撒下了串串绿珠,创造了人间奇迹。在新的世纪,我们要做大做强团场,使绿珠变大变亮。我想只要坚持不懈,生命的绿色终会铺满中华大地。

走进渔家

颜雪春

清晨,我随着渔人披着如纱一般轻柔的雾走向水库。四周一片寂静,远处偶尔传来几声鸡狗的长鸣,久久回荡在清晨的戈壁。

登上大坝,只见微风吹拂着水面,浅浅的波浪,轻轻拍打着岸边,发出轻轻的哗哗声。抬眼望去,在薄雾中的水库,简直没有尽头,水天一色,分不清是天还是水。

太阳冉冉升起。我坐上小船,随着渔人们划过如镜的水面向水库对岸驶去。碧蓝的天空倒映在清澈纯净的水面,小船划过之后,如碧玉的水面上留下几道痕迹,头顶上不时掠过几只鸭,远处连绵沙丘倒映在水面,一幅绝好的山水风景,我被这如诗如画的风景陶醉。

太阳已升上头顶,蓝天上漂浮的朵朵白云倒映在碧玉般的水面上,我们一边说笑着一边下网,这时小船上已有几条活蹦乱跳的大草鱼,小船继续向前驶,经验丰富的渔人用锐利的眼光搜寻着鱼群,向我传授着捕鱼的技巧。

烈日当空时,渔人已下完了网,我们弃船来到了一个小岛上。青青的芦苇和开着金黄色的小花的蒲公英将小岛装点得绚丽多彩。在芦苇丛中,不时还能看到一窝一窝颜色不一的鸟蛋。渔人熟练地在地上掏个"灶",把盛满清水的盆子放上去,点火后便把鱼随便剥了几大块丢进盆里,然后再放上几块生姜、一小把红辣椒和一撮盐,不一会儿原汁原味的鱼香味便弥漫了整个小岛。渔人自豪地说:"水库的水煮水库的鱼,这是纯天然的美味。"这可能是南疆最鲜美的鱼了。

太阳渐渐西沉,小船满载着鱼和渔人的喜悦驶向岸边,夕阳映红了水面,让我更分不清那天那水了。我们的小船披着晚霞行驶着,天水相映的水面上不时掠过几只披着霞光的野鸭和水鸥。它们欢笑着,给已变得寂静的水库增添了生气,使我不禁想起了诗人王勃"落霞与孤鹜齐飞,秋水共长天一色"的千古名句,我也好似融入了一幅充满诗情画意的山水画之中……

当太阳完全落下时,我们的小船也回到了岸边,回头再望水库,只有西边还残存着一点淡淡的红色……

永远的祝福

颜雪春

夕阳醉熏熏地向天的尽头沉落,血色的余辉悄无声息地洒落在大地上,仿佛是想告诉我那段抹不掉的记忆。是的,你走了,永远! 但我仍忘不了在你的祭日时,为你写好一张贺卡后烧掉,我相信,在"那个世界"的你一定能听到我的祝福……

整整13年了,我仍然无法相信聪明、风趣、善解人意而有花样年华的你会离开我们,每当响起那首熟悉的吉他曲,我就幻想着你还在这个世界上的某个地方, 终有一天你还会为我们弹奏那曲醉人的《友谊地久天长》;无数次在凄清的黄昏,我仿佛又看见你背着吉他,潇洒地向我们挥手告别。

当岁月无意中触动尘封已久的心灵,记忆中便会再次浮现出你那清秀的面容,伤痛中你真挚的鼓励,困惑中你耐心的讲解,还有那无数次点点滴滴的关怀,我又怎能忘记? 忘不了你笑着给我们讲你双目失明的婆婆,无意中踩死一只老鼠的故事;忘不了毕业聚会时,你弹奏的那曲《友谊地久天长》;更忘不了你去北大上学,我们为你送行时,你踌躇满志向大家挥手告别的情景,这一切仿佛就在昨天……

那时,我一个人独居在外,时常有一种寄人篱下的悲凄跟随着我。独在异乡,孤独、无助与深深的无奈充斥着我灰暗的心情,于是便极为思念远在万里的兵团农场。情到深处便会潸然泪下,同桌的你当时极为困惑,知道这一切后,你总会想着法子逗我乐、安慰我,望着你真诚的笑容,我心中涌动的是无限暖意与感动。

分别后你曾一次次地来信,每到新年之际你都忘不了给我寄上一张贺卡,即使我已回到生我养我的兵团农场,那诚挚的问候和真切的关怀也曾让我感动不已,我是在回到故乡第三年后,才得知已是大三的你因病休学了,当时忙于参加成人高考,待我忙完之后便收到友人说你已离去的来信和一张你写着:"无论怎样,微笑着生活,好好珍惜生命"的贺卡,友人说你离去前很乐观,希望我幸福快乐,我清楚地记得,那是个5月的血色的黄昏,我泪流满面地拿着信和贺卡冲到一个没人的地方大哭,我怎么也不相信这么年轻、活泼的你就这么去了,你才19岁啊,你说过大学毕业后会主动要求分配到新疆工作的,可是还有一年就毕业,你怎么就永远地走了呢?泪水浸透的信和贺卡被埋在自己哭过的地方,那贺卡上的话成了你对我永远的祝福。

自此,我种过棉花,栽过水稻,挖过大渠,推过独轮车,瘦弱的我干了许多曾经想也不敢想的工作,生活的艰辛也让我看到了机遇和挑战。于是,我带着你的激励努力地学习、努力地工作着……

阿翻

颜雪春

阿翻患白血病去世的噩耗是从一位同学那里传来的,当时,我眼泪便夺眶而出。

阿翻是我们农三师党校九二级经管班惟一的一名维吾尔族同学,名叫阿不都·阿合满江,据说他原来在单位当过几天维语翻译,同学们便亲切地称他为阿翻。时间久了,他的真名却很少有人叫了。

印象中的阿翻个子虽不太高,但人收拾得干净、利落,一双深邃的眼睛特有神,挺爱笑,一笑便露出两排白白的牙齿,走起路来挺有精神的。

记得刚进校时,阿翻的学习成绩不太好,字也写得歪七扭八,第一学期四门功课就有三门补考,有人说阿翻完了。可他丝毫不气馁,每天晚饭后,在教室里总可以看到阿翻专心地看书、学习练字,不懂的就虚心向同学请教。以后的每学期,阿翻的成绩居然名列前茅,并且汉字也写得越来越好,令我们打心眼里佩服。

班里第二学期开了维语课,大家学起来非常吃力,这可忙坏了阿翻,他常常热情地教了这个又帮那个,从不嫌麻烦,他的认真劲把大家感动得赞不绝口。

我们党校曾有人拾金不昧被传为美谈,这个人就是阿翻。其实阿翻的经济非常拮据,他们单位在他上学期间因他工龄不够而不给发工资,他平时省吃俭用,烟酒不沾,他家为了供他上学还卖了一头牛,可那天他在空无一人的卫生间捡到200多元钱时,毫不犹豫地就把钱交到了学生科。

阿翻弹得一手好吉他,有一副好嗓子,空闲时常抱着吉他为同学们唱歌。记得他总喜欢唱一首大家百听不厌的《蓝宝石月亮》。

阿翻曾幽默地说自己最大的愿望就是将来当个县长,因此,同学们又常常开玩笑叫他"阿县长"。有时谈及他的理想时,阿翻侃侃而谈,讲得头头是道,并且每天下午钻进图书馆看书、读报,晚饭后照样学习,继续练他那已经写得不错的字。

毕业临别时,我笑着对阿翻说:"就凭你这劲头,继续努力,终有一天会成为县长的。"阿翻笑着点点头,是那样坚定和自信。后来,由于毕业后同学们都各奔东西,忙于工作,难得一见,向人打听阿翻,得知他一回单位就当了班长,我想,虽然班长与县长的梦太遥远,但他总算迈了一步,心里默默祝愿他早日实现理想。

同学告诉我:阿翻临去世前仍没有放弃他的理想,躺在病床上依然坚持看书、读报。

哦,阿翻,才26岁的你就这样带着深深的遗憾匆匆地走了,离开了我们,但你把锲而不舍的精神却永远留给了我们,你的离去也使我们懂得了要更加珍视生命,并且生命不息,奋斗不止!

用心灵触动快门

关尔

走进帕米尔，展现在你眼前的是高原的壮阔、卡拉库力湖的深邃、盖孜大峡谷的蜿蜒、叶尔羌河的雄浑、图木舒克人的粗犷、维吾尔姑娘的美丽、塔吉克少女的清纯；雪峰、草地、鲜花、牛羊、大漠、沙海、古城、小巷……一幅幅画面，把你带进一个神奇壮美的世界，不知不觉间，你会为大自然的鬼斧神工而感叹，为达瓦孜文化、龟兹文化、刀郎文化的神韵而叹服。

不知是因了地的灵气，人才有了才气，喀什尽出杰出的文化人。以《福乐智慧》著名的玉素甫·哈斯·哈吉甫、《突厥语大辞典》的作者麻赫穆德·喀什噶里、以收集整理《木卡姆》而流芳百世的美丽王妃阿曼尼莎罕……古时候的文化贤哲一数一大串。而当代，似乎只要在喀什生活过，喝过喀什噶尔河或叶尔羌河水，迎过塔克拉玛干大沙漠的风，人便会有一番作为。喀什是一个文化底蕴非常厚的地方，这里历史悠久，自然风景优美，给人无尽的激情。任何一个稍有文思的人，在喀什的文化环境中都会感到心灵的颤动。作为美的记录着，如何把这种分散的原始的自然物象和生活影像的美集中、提炼、升华,这就需要具有发现并把握客观事物的属性和特征,融和自己的审美体验以及化现实美为艺术美的创造力了。

兵团人来自全国各地,各种文化、习俗、心理、观念的交杂。使兵团人既不同于城市人的轻浮自大,又不同于地道农村人的局促偏狭,这是介于城市和乡村之间的一种人,这种人的皮肉受过天下最多的苦、内心也受过天下最优秀的熏染和最甜蜜的诱惑,他们一旦有机会,便会表现出比标准的城市人或地道的农村人更独特的适应力。

他是兵团人,草湖是他的第二故乡。像他这年龄的人,大多生不逢时,一生下来挨饿,一上学停课,一工作下乡。他插过队,接受再教育,开过拖拉机,当过中学教师、新闻干事。在农场出过汗、流过血、掉过泪、亲历过兵团人与自然的搏杀,感受过团场人深如海、高过天、坚似山、柔若水的性格内涵。受浓郁文化氛围的影响,在繁忙的工作之余,他凭着一台破旧的"海鸥"相机,在十多年新闻报道工作中,拍摄了数以万计的图片,从而练就了一手抓拍、抢拍的功夫。随着时间的推移,他开始追求艺术的永恒。他以一个平常人的心态,以一个摄影人的追求,虔诚地深入生活,记录着人类的真善美,记录着大自然的雄伟壮观,抒发自己的真情实感,充实自己的生活空间,寻找紧张工作之外的乐趣……闲暇之时,他干些写写画画与文艺沾边的事。在连绵起伏、群山汇聚的帕米尔高原,他发现自己的艺术灵性在这里得到升华和结晶,于是,当社会物欲横流,各种艺术流派风起云涌,他却自守这片沉寂的阵地,执着地关注、思考着,在摄影语言本身中用渐变的方式去追求,开拓摄影艺术的民族风格和民族气质的"新阵地"。用纯粹的摄影艺术写风土民情,写改革风云。

"镜头看世界,影像铸人生"。他潜心研究摄影艺术,努力探求镜头中的真谛。通过镜头观察眼中的世界,用胶片记录历史,用心灵触动快门,用艺术家的灵感和喷泉般的创作激情,捕捉电光火石般的艺术瞬间。摄影是以平日深刻思考为基础的艺术直觉,须在一刹那间将现实生活中得到的感觉经过过滤和拓展思维，提炼出它的抽象之像。他努力从视觉审美特性中去寻找新的发展途径和发掘深远意义，热衷在画面和造型中营造绘画性、写意性和哲理性的氛围，从而引发鉴赏者的想像和共鸣，与摄影作者共同阐释作品的深层涵义。他并不把摄影只看作遵循自然的机械过程，不搞单纯靠现代化先进科技照相器材取胜的被动制作；而是饱含着热爱生活、崇尚自然、追求理想的炙热情感去感觉、去捕捉、去把握生活之美。无论怎样，他以小小的画面，展现给人们气象万千的西域自然景观，绚丽多彩的风土人情和娇美灵秀的人物风姿。

有人把通往摄影艺术殿堂的道路比作一座"独木桥"，他常说："搞摄影不要求结果，过程往往比结果更重要。"他要把多年来蕴藏在心中对生长的土地情感的作品，奉献给祖国、故乡和生活在这块土地上的人们。他忘不了那片广袤神奇的土地与之艺术灵感，更忘不了艰苦奋斗的人生与艺术道路上给他巨大帮助和鼓励的兵团人。

对摄影人而言，他无疑是位执着的追求者。

走近陶斯亮

关尔

提起陶斯亮，从文化大革命年代过来的人们不会陌生。陶斯亮是老一辈无产阶级革命家陶铸的女儿，人们大概还记得那封当时催人泪下的一封未发出的信。

弹指一挥间，二十多年过去了。如今，陶斯亮在做些什么呢？

盛夏7月，骄阳似火，瓜果飘香。作为中国市长协会副会长兼秘书长、女市长协会会长的陶斯亮，千里迢迢来到祖国西部最边远的城市——喀什参加首届"2004南疆旅游节"开幕式，并主持在喀什召开的"国际旅游城市市长论坛"。

她个子不高，齐耳短发，金丝眼镜掩不住她眼中岁月的沧桑。她上身穿红蓝相间衬衣，下身是黑丝绒裙，显得朴素、精神、干练。

在冰山之父——慕士塔格峰下，冒着雨夹雪，她披着柯尔克孜族的皮大衣，在开满鲜花的草地上与牧民跳起民族舞，满脸是阳光般的灿烂。

谈起这次南疆之行，她兴奋之情溢于言表。她说，这几天，激动得每晚都难以入睡。的确，在喀什人民广场，她观看了万人麦西莱甫群体舞和诺鲁

179

孜民间艺术方队的表演及《喀什噶尔之夏》大型歌舞晚会。在广场，达瓦孜民间体育艺术表演——走钢丝、斗鸡、斗羊，太吸引人了。太吸引人了她特别想和那只聪慧的羊照张相，但又有点害怕——那羊太大了。一个白胡子维吾尔族老人上前抱住羊头，把羊牵到她身边让她照相，使她特别感动。

在南疆的十多天里，沿着古丝绸之路，踏着唐玄奘的足迹，行程3000多公里，从喀什、克州、阿克苏到和田，年过半百的陶斯亮兴致勃勃地考查了丝路盛景：帕米尔高原、石头城、公主堡、香妃墓、盘橐城、艾提尕尔清真寺、雅丹地貌、克孜尔尕哈烽燧、天山神秘大峡谷、塔克拉玛干沙漠公路、尼雅古城、千年核桃王、500年无花果王……她无时不为大自然的鬼斧神工而感叹，无时不为龟兹文化、达瓦孜文化、玉石文化而叹服，无时不为南疆人民的热情好客而感动。她说，早就听说不到新疆不知祖国之大，不到喀什等于没到新疆。我要说，不到南疆不知新疆之壮，到了喀什、克州、阿克苏、和田才知新疆之美。此生可以自豪地说，我到过新疆，来到过喀什。

云归

关尔

你明明是个壮小伙，却偏偏起了个女人气的名字——张云。

你说，你喜欢那洁白无瑕的云。望着天上的云，思绪随之飘荡。那自由飘荡的云给你带来几多遐想，无数梦幻。

那是1987年，你高中毕业，五十三团号召待业青年上岗务农。你父亲没同你商量，就替你报了名，填了表，并逼你去参加体检。你在心里埋怨父亲，你借口去巴楚看病，来到莎车，求舅舅给你找工作。

今年春节，你回家过年，从父母和同学口中听到的都是青年点的事，那火热的生活吸引着你，今年三月十日，你被分配到离团部最远，条件最差的二十二连青年点。第一天是夜班浇水，你和老连长一组，任务是接水看渠。春寒料峭，天黑如墨。农渠垮了，你拼命填土，想堵住缺口，却无济于事，连长来了，毫不犹豫地跳进缺口，大叫快填土。缺口终于堵住了，你拉起浑身泥浆、颤抖不止的老连长，赶紧脱下自己身上的大衣，给老连长捂上。

每当你疲惫不堪、意志衰退时，老连长的形像就会伴随着你。不久,你被伙伴们选为班长,带领九个伙伴在大地上辛勤耕耘,年底除拿回档案工资,每人得超产奖三百元。你还为少数民族职工捐粮1035公斤,为亚运会捐款30元。你被农三师树为青年标兵。但你仍说,你喜欢天上的云,更喜欢滋润大地的雨,因为那是云的梦。

看看咱的庄稼去

闵凡利

那天老家来人告诉我，头两天的那场风太狠了。我说是的，城里都刮得睁不开眼呢！来人一脸痛苦，说，遍地庄稼都哭了呢！吃午饭时，我留他，他摆手说不了，他要回家。临告辞的时候，他又回过头来，看着我说，抽个空回家吧！

活到这么大，我惟一不敢忘记的就是那些庄稼了。我是农民的孩子，我是头顶高粱花子、双脚沾着黄泥走进城市的。虽然我现在身处这个所谓的城市里，但依在像飞上天空的风筝一样，拴我的线儿系在了老家的屋梁上；我的爱情虽然芳香四溢，但那艳丽花儿是在那葱绿的玉米地里采摘的；我的梦幻和追求就像田野里的庄稼一样，是随着季节的转换而丰盈的。庄稼是我的歌，是我的爱，是我全部的寄托和安慰啊！庄稼在哭呢！这句话像子弹一样打中了我，我知道，我真该回去一趟了。

那天，我特地起了个大早，奔向车站。早晨的阳光湿漉漉的，就像田里吃草的羊儿，用它毛涩涩的舌舔着我，所有的这一切都是那么美好，那么诗意，这在6月是多么的难得啊！可此时的我，却无暇感受这些，因我的心已随着老家的来人去了。

　　我特地找了一个靠窗的位置，一路上，我眺望着窗外那些倒伏成一马平川的庄稼，不由地闭上眼。说实在的，我长这么大，从没见过庄稼这样落魄，我这才真正明白，老家人所说的"庄稼在哭呢"这句话所包含的内涵是那样的让人疼和酸。

　　车在村头停下了，我下了车，阳光一片明媚，讨好地照耀着我，给了我一身的光芒。披着这身光彩，我来到了田野。我发现我的玉米，高粱倒在片片泥水里，艰难地抬着头，用一双欲哭无泪的眼望着我，望得我想哭，想流很多很多的泪给这些庄稼。

　　我不禁怨恨起前几日的那场风。那场风实在是霸道，城里刮得飞沙走石，店铺的招牌像纸鸢一样满天飞舞。我知道，那是他们招摇和诱惑的缘故，可默默无闻的庄稼只是真诚地把自己活成粮食，活成喂饱我们、让我们长大的粮食。风儿啊，这些庄稼究竟有什么过错呢？我真想抓住身边遛来遛去的风问一下，可我没有，因为我知道，我是问不出什么的，风有风的理由。

　　我就只好深情地望着这些劫后余生的庄稼。而此时，我的庄稼正艰难地抖着身上的泥水，自己用舌舔着滴血的伤口。在这个阳光灿烂的日子，以一种不哭面对着曾经的灾难。他们拭干了泪水，因为他们知道：哭是打动不了谁的，泪只会泡软自己的斗志！我的庄稼就在这阳光灿烂的日子努力地挺着身躯，昂起自己那不屈的头颅。这个时候，他们把生命活成了一种顽强，活成一种不屈不挠。从他们那倔强的眼神里，我看到了庄稼的韧性是那样的惊心动魄。高粱已把沉甸甸的穗头努力地伸向天空，把那艰韧的根深深地扎向这厚重的大地，抓紧抓牢，支撑起一个不屈的灵魂；玉米随风摇曳，抖落着身上的泥水，那泥水是它的丑是它的羞，是它灾难日子里的全部软弱和无奈。它抖落泥水，是为了一个崭新的日子，是为了一个饱满的自己在秋天里的形象。

　　我知道我该走了。在我的田野里，我明白我的庄稼永远是我的牵挂。这种牵挂不是灾难不是挫折，而是那种不屈的精神对我灵魂的安慰，因为在城市里，人们越来越敏感越脆弱，越来越浮躁越没底气。看看咱的庄稼去,在那里,你也许会洒下很多的泪,但庄稼会安慰你,让你好好活,不管在什么时候,流泪了,就擦掉。然后就努力地生、努力地长,活成那个季节的魂。

心恋

严万海

我总想远离你,却总走不出你凝视的目光。

你是脉脉含情的少女吗?每当我踏上荒凉寂寞的大漠,迈步在悠长、狭窄的执勤路上,你都浑圆地升上天空,照亮我前进的道路,伴我走过人生的荒漠,帮我驶向生命的绿洲。

我总想走近你,却总走不出你甜甜的梦乡。

你是悠然欢唱的小溪,染一身朝霞,粼粼波光跃动着清清的幽静,在我心中流淌,为我唱一曲动人的歌谣。你从不奢望巨浪的气势,从不炫耀自己的成绩,平凡中更显伟大。

难熬的总是乡恋。于是,哨所的盐碱地里生长一簇簇常青的相思草,在爱的季节里不分昼夜地疯长。

乡思无泪,在绿色方队,我们构筑青春雄壮的骨架,支撑忠诚卫士坚定的人生信念。

自从告别故乡,离别就成了无法挥去的情结,所有浪漫都凝聚神圣的厚重,所有的情感都挥洒生命的辉煌。

为了千家万户的安宁,我只有把相思打进包,把思念装进邮箱,不停地从遥远的哨所捎去我对故乡的祝福。

绿色青春

严万海

生命的绿色与阳光融为一片，气壮山河惊涛拍岸才能成大器。

生命的绿色意味着奋斗的艰辛，不怕暴雨狂风才能变成海燕。

生命的绿色伴随着美好的希望，不畏挫折知难而进方能成功。

生命的绿色如缠绵在温柔的歌曲里，人生就如笔直的腰杆。

绿色的警营，诗一样的称谓，画一般的意境。入伍前，军营是我绿茸茸的梦；当兵后，军营变成了沉甸甸的歌。踏上这片绿色的沃土，我便开始纺织绿色的梦，潜心探究绿色的奥妙，已发现自己很快溶入这绿色的方阵。

十八岁，我选择了直线加方块的生活旋律；十九岁，我咀嚼了军营酸甜苦辣那特有的生活品味。

长空有我自由翱翔的羽翼；大海有我奋力搏击的航舵；远山有我巍然屹立的灵魂；大地有我神圣庄严的责任。

站起来我是顶天立地的男子汉，向前走我是

一股川流不息的绿色长河。

我骄傲,青春年华里唱响了《解放军进行曲》。

我骄傲,生命的岁月蕴藏着《当兵的历史》。

走进昆仑

何成立

炎黄子孙五千年慷慨战歌汇聚成这巍巍民族大山。

一部华夏历史在不息的抗争中记载着他们的痛苦和欢乐。

他们以不朽的精魂写出一部壮丽的民族诗篇。

大山用不老的岁月映现出那无数深深溶入史册的印痕。

你是一条巨大的历史悠久的山脉,你洋溢着欢欣澎湃着抗争涌动着希望闪耀着辉煌背负着血泪咀嚼着苦涩承载着沉重。

你是一条不息的山脉崛起的山脉,你铸起丰碑托起太阳,冰山化为奔腾的河流浇灌起棉花和稻香的丰硕,轻风吹绿贫瘠的荒原、大漠和戈壁。

你如咆哮的巨龙,忠诚而痴情地卫守着祖国的西大门。被烈日炙烤下的古铜色的脊梁陈列出华夏五千年奋进的历程。你撼山岳的吼声是世界上最强大的最雄浑厚的声响。你最懂得该如何爱如何恨,该如何生如何死,你最懂得该怎样拼搏又怎样舍弃,该怎样歌唱又该怎样哭泣。

你冒赤日迎风雨顶霜雪傲然矗立在莽莽高原

上。

昆仑啊我巍巍的昆仑生生不息，你用自己硕大无比的升腾昭示着一代又一代的希望。

坚固的山脉墙啊雄浑的崛起，磅礴着力量在血涌中凝聚。一代代英杰，踌躇满志地上路。马鞭所指之处就是长剑划破乌云处！莽原之上，那猎动的旗帜与霜染的战袍；那沸腾的血火与倒下的生命；那挥舞的刀戟与锐鸣的号角；那神俊飘逸的骏马与雄浑威壮的战鼓……

昆仑啊巍巍昆仑，永恒的昆仑，历经万古千秋伟岸依旧的昆仑，你用强大的臂膀深情地护守着神州大地。

时光推着岁月的车轮匆匆离去了又悄然莅临，花红了柳绿了叶枯了嫩芽又悄然探春。你的儿女在你广袤的胸怀中栽培忠诚栽培希望栽培热情栽培信念与向往，一根牛鞭一架铁犁一片片绿洲的足印润了沙漠、绿了荒原、沃了戈壁，酿造出了五粮的醇香。苍天为证，你用温情抚慰一切新生，你用乳汁、用甘泉细心地呵护着你的娇女你的宠儿。你承受着火辣辣的太阳的炙烤却给大地捧出五粮琼浆，你承受着风的肆虐、雨的洗礼、霜雪的侵蚀却给花草甘露、给禾苗滋润、给树木以清泉的滋养……

昆仑啊巍巍的昆仑，襟怀坦荡的昆仑，雄浑的昆仑，润育千万生命的昆仑。一个时代一段征程，每一个山峦都是一次惊天动地的变革；每一次悲欢离合都是一次生命的闪耀。

啊，巍巍昆仑，永怀信念永怀激情的昆仑。

你给予我生命给予我理想给予我信念，你拥抱着我的降生，哺育着我的成长，催促着我前进。

你是我在岁月中躬耕劳作的父爱，你是用乳汁培育我成长的母爱。

两亩自用地

杨方中　丁燕坤

　　顺子得意地坐着毛驴车往家赶,今天的驴蹄声声入耳,像是专为他伴奏的。他的手不由自主地摸了摸身边那盒香气四溢的点心,一种满足感油然而生。老板也给咱送礼了,这可多亏了两亩自用地。想起那天分地的情形,顺子禁不住偷偷地乐。

　　在连队东边支渠有一大片地,职工习惯叫它一支东,离连队近,浇水方便,连队把它作为自用地分给大家。那天指导员手里拿着皮尺大声叫:"顺子,第十五号,中间那块地,怎么样?"顺子连声应道:"可以,可以。"分完地,指导员大声道:"这地是团党委分给咱们的自用地,是咱职工发家致富奔小康的试验田,大家要把这种好,根据自家的实际情况什么值钱种什么。"指导员一席话,大伙儿顿时议论开了。买买提说:"我种瓜,哈密瓜好卖。"艾肯江拽一拽张世权的袖子:"咱们养的羊多,种苜蓿吧?"一时间,有种瓜的,有种豆的,有种草的……顺子心里乱糟糟的,说不上种什么好。

　　"吁——"毛驴似乎放慢了脚步,顺子一声吆喝,毛驴又跑了起来,顺子伸手扶了一把点心盒,思绪又回到两用地刚刚划分的那一夜……

　　月光静静地照进屋里，顺子推了推老伴："哎哎……"老伴睁开惺忪的睡眼抱怨道："深更半夜的，不睡觉，干啥？""你说，咱们那两亩自用地种啥？""人家种啥咱种啥，没听说？庄稼活不用学，人家咋着你咋着。"沉默了一会儿，顺子突然问："昨天你赶巴扎卖花生多少钱一公斤？""五块。"老伴有些不耐烦："你还种那个？"顺子一下坐起来："对，就种花生。"老婆呼地一下子坐起来："就你聪明，别人都不种，你种，连队那么多娃娃，到时不等你收成，娃娃们早就替你收了。""哎——我看问题不大，指导员说要严格管理自用地，我算过账，花生一亩地再少也收200公斤，一亩地能收一千多元，两亩地就二千多元呀。"

　　"吁——"顺子回过神来，用手摸了一下点心盒，毛驴又跑了起来。

　　"卖月饼了，我们是麦盖提清真食品厂的直销车，正宗的花生油酥月饼。"一辆中巴车停在连队办公楼前，一个经理模样的人拿着电喇叭在高声叫卖，车前围了一帮人。八月十五了，我也买几个月饼，顺子想。"爸——爸"，儿子喊他，"小伟拔咱家花生了。"儿子掂着一把花生秧，下面一大堆未成熟的花生泡，扑鼻的清香。"刘代华这儿子不像话，看我不收拾你！"顺子接过儿子递的花生秧忿忿地想。"吁——"顺子又吆喝了一声，顺手把点心盒拿在手里，快到家啦。

　　多亏了小伟这孩子，要不，我这花生还卖不了这么多钱。就是小伟拔了他花生那一天，食品厂老板看中了顺子的花生，六块钱一公斤的干果全部收购。这不，他今天去送货，老板特地送给他一盒花生油酥糕点，同时还告诉他一个大喜讯：明年他的厂将扩大生产，他和连队干部订下合同，连队所有自用地全种花生，老板说这叫"定单农业"。多亏了小伟这孩子，顺子觉得应给小伟一点奖励。奖什么呢？他看着手中那盒散发着香味的点心，心中有了主意。

家有娇女乐事多

刘丹

　　女儿呱呱落地,来到了这个陌生而又多姿多彩的世界。女儿的到来打破了我们生活原有的平静,为我们的家庭增添了许多的欢乐和笑声。

　　女儿刚一出生,就让我们"吃"了一"惊"。当医生把她包好后放在产床边的小床上后,家里人都忙着对我嘘寒问暖,而"忽视"了她。不经意中传来了清脆的"叭、叭、叭"咂嘴声,引起了在场所有人的注意。扭头一看,原来是"不甘寂寞"的小家伙正在为我们的忽视而向我们发出"严正"抗议呢:为什么不理我! 逗引得我们忍俊不禁,都哈哈大笑起来。

　　女儿的到来,为我们增加了许多"新"的工作,每天都有洗不完的尿布,操不完的心,逗不完的乐,唱不完的摇篮曲。虽然每天忙忙碌碌,但是看到女儿粉嫩的脸和胖嘟嘟的小手,疲倦之意很快就一扫而光,她的一颦一笑时时刻刻都牵动着家里每个人的心。

　　过"十一"那天,婆婆做了一桌好菜,原本打算一家人好好地欢度国庆,可是平时可爱的女儿却一直哭闹不停,怎样哄都无济无事。我们只以为是她受风感冒了,并未在意。晚上她哭累了睡着了,我给她脱袜子洗脚时，才发现原来是新袜子里的一根线正深深地勒进她右脚大拇指中，已经勒得又红又肿了。望着睡梦中还不时抽鼻子的女儿和她那肿得通透发亮的小脚丫，我的眼泪顿时流了下来，为自己的毛手毛脚，更为自己的粗心大意。

女儿非常爱笑，笑起来嘴角便会显出两个深深的、迷人的小酒窝，十分喜人。她一天天地长大，好奇心也多起来，见到什么东西都想用她那还不够灵活的小手去抓一抓、摸一摸，以满足她的"好奇心"。

女儿七个月大时的一天晚上，我抱着她坐在沙发上看电视，嘴里嚼着泡泡糖。忽然间我觉得女儿这会怎么这么安静呀，我低头看她，见她正扬着小脑袋，盯着我一张一翕的嘴看，那神情似乎是在想：妈妈在吃什么东西呀！怎么吃得那么香呢？我抱起她来，让她站在我的腿上，然后故意对她吹了一个大大的泡泡。没想到她伸出小手麻利地抓向泡泡，并往自己的嘴里塞去。女儿这出人意料的"口中夺食"让我目瞪口呆，吓得我赶紧把泡泡糖从嘴里抠出来扔掉了。公公、婆婆和老公看到这一情景，都捧腹大笑起来。

如今，女儿已经1岁多了，会"咿咿呀呀"说话了，会蹒跚地学着走路了，会和你一起玩耍了。看着让我亲不够、疼不够、爱不够的女儿，我的内心深处涌出了一种感激：你的到来，使我的生活更加充实，使我在人生道路上的脚步更加稳健！孩子，我永远爱你！

胡杨随想

刘丹

路过一段盐碱戈壁、沙漠公路时,路旁的一簇簇随风摇摆的低矮胡杨丛引起了我的注意,不禁被它顽强的生命力和斗志深深吸引。

胡杨具有很强的生命力,素有"活着一千年不死,死了一千年不倒,倒了一千年不朽"的美誉。在大漠戈壁上,放眼望去,映入眼帘的处处是黄土,让人不禁感叹大自然对生命的残酷。然而胡杨却决然地选择了这拒绝生命生存的死亡之海,而且在这里扎根成长。

狂风大作时,肆虐的狂风席卷起阵阵沙尘,如枪林弹雨般猛地扑向胡杨。它们会紧紧地围抱在一起,你扶持我,我拥助你,任凭暴戾的狂风把它们吹得前合后仰,也休想动摇它们的根基,即使有翻江倒海般的气势,也奈何不了它们坚不可摧的斗志。

暴雨袭来时,豆大的雨珠如刀子般劈砸着胡杨嫩绿的树叶和幼稚的枝条。它们会舒张开宽大的臂膀,迎接暴雨的来临,任凭暴雨打落多少枝叶,也休想扼杀它们的生命,让它们屈服于大漠戈壁的残暴和淫威。

195

　　旱魃来临时，大漠戈壁如同烧透了的砖窑，处处灼燥烫人，那滚烫的热浪似乎要将人活生生地吞噬。胡杨会把根深深地扎入土壤中，它们的根延伸到哪里，就在哪里又发出新的生命来，生生不息，只要有一丝生存的希望，它们就会将生命继续下去，即使旱魃有化神奇为腐朽的"魅力"，也会拜折于它傲然不屈的气概。

　　酷寒降临时，大漠戈壁如同冻透的冰窑，处处寒冷逼人，胡杨会将树叶脱落掉，积蓄能量，等待来年春风又度之时，那娇嫩的生命之芽又将绿了枝头，绿了大漠，绿了田野，萌发出勃勃生机与活力。

　　密密笃笃的胡杨林，长年累月地守望着大漠戈壁，高温击不垮它们，干旱渴不死它们，寒冷冻不僵它们，暴雨打不倒它们，盐碱更是奈何不了它们，它们就像戍边的卫士，时时刻刻守卫着大漠戈壁，毫不吝啬地奉献着它们那一抹绿色，默默地装点着大漠，为广袤的戈壁增添了勃勃生机与活力。空们就像那战天斗地的兵团人，哪里有艰险，哪里就有勤劳而坚强的身影。

连队印象

王戈

周末,我和几位新闻写作爱好者相约去连队采访,我便起了个大早,头一个赶到约定地点。不一会儿,朋友陆续到齐便上路了。

夜里一阵淅淅沥沥的小雨使入秋的气候越发阴冷,放慢车速正好欣赏仲秋迷人的晨景。放眼四周,一望无际的棉海格外恬静,,朵朵硕大充实的棉花在绿叶的衬托下特别耀眼,透着丝丝灵气,显出一派盎然生机。

走了约半个小时,依稀看到绿树掩映的连队。车子左拐,驰上一座大渠桥面,连队全景便尽收眼底;一幢幢四家一体结构的庭院,树环水绕,绿叶摇曳,仿佛一幅立体的田园风光画。

"啊,太美了!"小芳第一个叫起来。在小黄的提议下,大家折回桥面,居高临下欣赏连队风光美景。

正是连队职工做早饭的时间,家家户户升腾的袅袅炊烟慢吞吞地划着弧形落到房屋四周, 在房屋、林带间追逐,汇聚到一起的炊烟似云、如雾,在连队四周环绕……

走进连队,将摩托车停放好,便一路走一路看。无论大路还是小路两旁都是白杨树,一棵接一棵,犹

197

如威武的队伍。那些老龄的树,躯干粗糙,活像一张饱经沧桑的脸,约有十多米高,树枝齐刷刷地直刺苍穹。树上不知名的鸟在叽叽喳喳地叫,为我们奏响了欢迎曲。树底下一簇簇灌木、青草沿着路延伸,密匝匝地像砌起一堵长长的绿墙。

大老远看见职工房顶晒着玉米,黄灿灿的一片,很是夺目,丰收的风韵在不经意中不加掩饰地流露。在家畜圈舍,山羊、绵羊拥挤着,将头伸出木栏吃着剩余的夜草;鸡群在"叽叽喔喔"中觅食;大肥猪懒懒睡着,看见生人来只眨着眼,吧嗒吧嗒拱拱长嘴……

老张碰见一位熟悉的大嫂,我们便应邀到农家小憩。屋前停着一辆农用车,院内塔着木架,叶厚果硕的葡萄遮盖了大半个院子,红的、绿的葡萄像一串串晶莹的饰物,水灵灵地,惹人垂涎。庭院里有几畦蔬菜,绿汪汪地,泛着油光。房子收拾得干干净净,"家庭影院"、电风扇、电冰箱、洗衣机等电器一应俱全。大家都夸大嫂家富有,大嫂含笑说:"像我们这些东西,家家都有,不算啥,我们来新疆才几年,要说富,还是老职工家。"

当我们走到连部,已是"铁将军"把门,一位路人告诉我们,连领导都下地去了,我们只有到棉田分头找自己的采访对象。

在地头,看到一位正在农家肥发酵池旁忙碌的大伯,打听到采访对象不在,便与他拉上家常。老人很健谈,从农家肥发酵谈到无公害绿色蔬菜,从庭院经济谈到市场产品的销售,又从基因番茄种植谈到滴灌技术,一套一套的话题,如今职工懂得真多,有这样的农工,我们的农业大有希望。

时间过得真快,转眼就到了中午,我尽管没见到采访对象,但所见所闻令我大开眼界,仍感收获颇丰,不枉此行。